FANTASY

Die Welt der DRACHENLANZE
im Goldmann Verlag:

Die Chronik der DRACHENLANZE

1. Drachenzwielicht (24855) • 2. Drachenjäger (24856) • 3. Drachenwinter (24857) • 4. Drachenzauber (24858) • 5. Drachenkrieg (24859) • 6. Drachendämmerung (24860)

Die Legenden der DRACHENLANZE

1. Die Brüder (24861) • 2. Die Stadt der Göttin (24862) • 3. Der Krieg der Brüder (24863) • 4. Die Königin der Finsternis (24864) • 5. Der Hammer der Götter (24865) • 6. Caramons Rückkehr (24866)

Das Heldenlied der DRACHENLANZE

1. Das Ehrenwort (24587) • 2. Verrat unter Rittern (24589) • 3. Das Schwert des Königs (24591) • 4. Heldenblut (24593) • 5. Unter dunklen Sternen (24594) • 6. Die Stunde des Skorpions (24595)

Die Geschichte der DRACHENLANZE

1. Die Zitadelle des Magus (24538) • 2. Der Magische Turm (24539) • 3. Die Jagd des Todes (24540) • 4. Der Zauber des Palin (24541) • 5. Der edle Ritter (24542) • 6. Raistlins Tochter (24543)

Der Bund der DRACHENLANZE

1. Ungleiche Freunde (24867) • 2. Die Erben der Stimme (24868) • 3. Die Stunde der Diebe (24869) • 4. Finstere Pläne (24870) • 5. Das Mädchen mit dem Schwert (24871) • 6. Verspätete Rache (24872) 7. Schattenreiter (24673) • 8. Das Siegel des Verräters (24674) • 9. Stahl und Stein (24675) • 10. Das Schloß im Eis (24676) • 11. Der Zauber des Dunkels (24677) • 12. Die Jäger der Wüste (24678)

Die Krieger der DRACHENLANZE

1. Der Dieb der Zauberkraft (24816) •
2. Die Ritter der Krone (24817)

DRACHENLANZE – Die Neue Generation (24621)

Die Erben der DRACHENLANZE

1. Drachensommer (24708) • 2. Drachenfeuer (24718) • 3. Drachennest (24782) • 4. Die Grube der Feuerdrachen (24783)

Weitere Bände in Vorbereitung.

MARK ANTHONY & ELLEN PORATH

DER BUND DER DRACHENLANZE 1

Ungleiche Freunde

Aus dem Amerikanischen
von Imke Brodersen

DRAGONLANCE®

GOLDMANN

Die amerikanische Originalausgabe erschien
unter dem Titel »DRAGONLANCE® Saga, Meetings Sextet 1:
Kindred Spirits« (Chapters 1–14)
bei TSR, Inc., 1801 Lind Ave SW, Renton, WA 98055, USA

Umwelthinweis:
Alle bedruckten Materialien dieses Taschenbuches
sind chlorfrei und umweltschonend.
Das Papier enthält Recycling-Anteile.

Der Goldmann Verlag
ist ein Unternehmen der Verlagsgruppe Bertelsmann

Genehmigte Taschenbuchausgabe

U. S., CANADA,
ASIA, PACIFIC &
LATIN AMERICA
Wizards of the Coast, Inc.
P.O. Box 707
Renton, WA 98057-0707
+ 1-206-624-0933

EUROPEAN HEADQUARTERS
Wizards of the Coast,
Belgium
P.B. 34
2300 Turnhout
Belgium
+32-14-44-30-44

Visit our website at http://www.tsr.com

Published in the Federal Republic of Germany by
Wilhelm Goldmann Verlag, München
Deutschsprachige Rechte beim
Wilhelm Goldmann Verlag, München
Umschlaggestaltung: Design Team München
Umschlagillustration: Agt. Schlück/TSR
Satz: deutsch-türkischer fotosatz, Berlin
Druck: Elsnerdruck, Berlin
Verlagsnummer: 24867
Redaktion: Andreas Helweg
V. B. · Herstellung: SC
Printed in Germany
ISBN 3-442-24867-1

1 3 5 7 9 10 8 6 4 2

Meinen Dank an Sharon S. für eine geheimnisvolle Unterhaltung, an Sharon B., weil sie fragte, wie es mir geht, an Carl und Carla, die so wunderbare Primaten sind, und an meine Familie für all ihre Liebe und für den Glauben, daß ich es schaffen würde.

*Für Beth und all die Geschichten,
die sie mir vorgelesen hat.*

M. R. L. Anthony

*Für Eric und Jo,
die mich die Bedeutung von
»Carpe diem« gelehrt haben.*

Ellen Porath

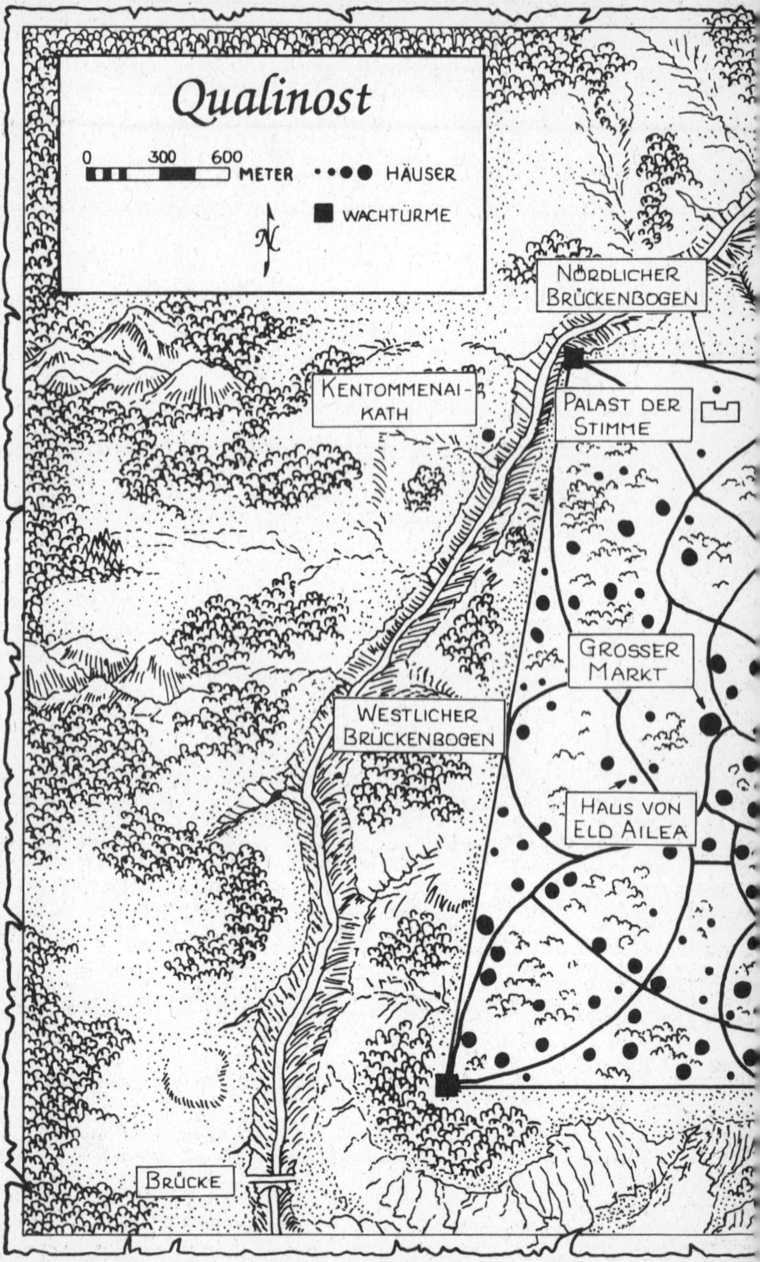
Qualinost
0 300 600
METER
HÄUSER
WACHTÜRME
N
NÖRDLICHER BRÜCKENBOGEN
KENTOMMENAI-KATH
PALAST DER STIMME
GROSSER MARKT
WESTLICHER BRÜCKENBOGEN
HAUS VON ELD AILEA
BRÜCKE

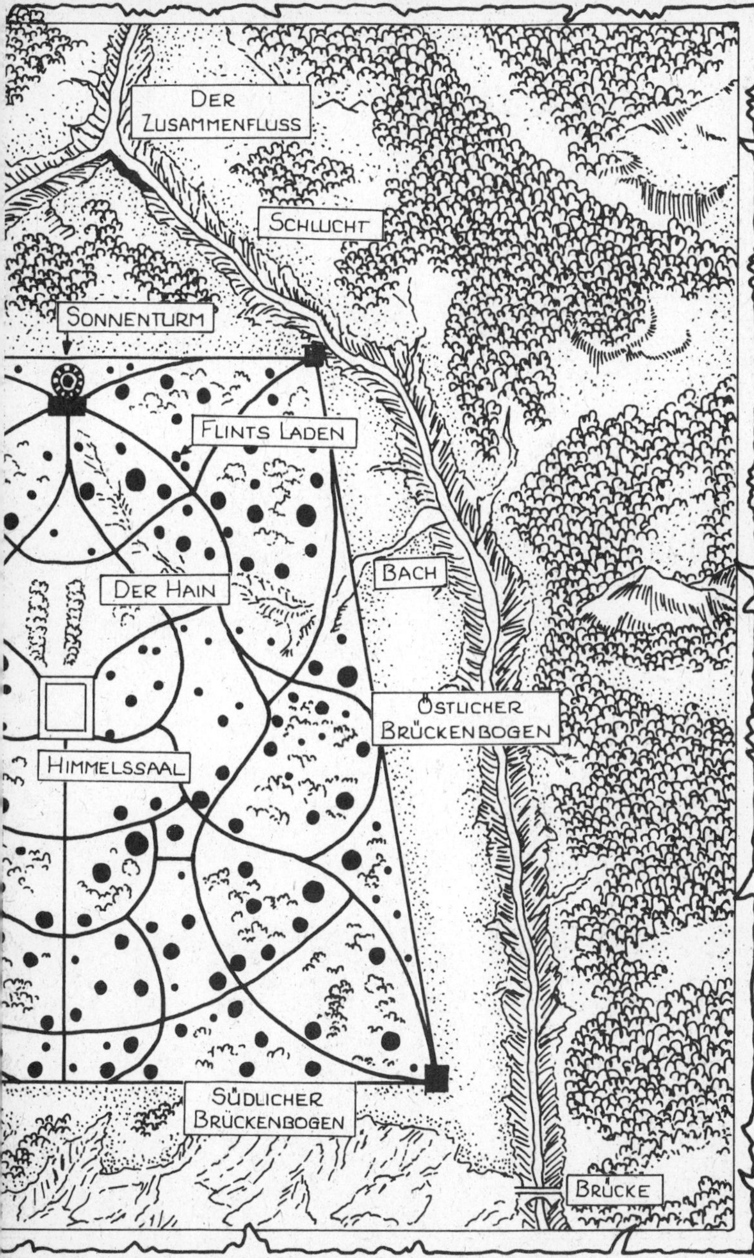
Der Zusammenfluss
Schlucht
Sonnenturm
Flints Laden
Der Hain
Bach
Östlicher Brückenbogen
Himmelssaal
Südlicher Brückenbogen
Brücke

Prolog

258 A. C. (nach der Umwälzung)
Es war nicht der Schrei eines Elfenkinds.

Eld Ailea, die selbst in den Augen des langlebigen Elfenvolks betagt war, betrachtete das Neugeborene voller Mitleid, als sie es in Windeln aus silbrigem Leinen wickelte. Die Rosenquarzwände des Hauses in Qualinost spiegelten den Feuerschein und tauchten das zornige, schreiende Baby in pfirsichfarbenes Licht. Die kleine Brust des Jungen zitterte jedes Mal, wenn er tief Luft holte. Durch das Fenster, das auf die Straße hinausging, wehte eine Brise herein und frischte die Luft auf, die nach Schweiß, Blut und Leid roch.

»Soviel Leidenschaft«, flüsterte die Hebamme. »Schon mit den ersten Atemzügen beweist du, wessen Kind du bist.« Das Baby drückte die Arme an die Brust, als wolle es sie Lügen strafen, hörte auf zu schreien, gähnte und schlief ein. Sein gerötetes Gesicht entspannte sich.

Die Hebamme nahm das winzige Bündel auf den Arm und ging zu einem Schaukelstuhl am Feuer. Der Stuhl, der fast so alt war wie Eld Ailea selbst, hob sich von den Natursteinwänden so ab wie ein ausgetretenes Paar Schuhe von einem neuen Kleid.

»Nicht so spitz wie bei reinen Elfen, aber auch eindeutig kein rundes Menschenohr«, erklärte Eld Ailea dem Kind, das ein Auge aufschlug, ins Feuer blinzelte, und das Auge wieder schloß. Ihre Worte klangen wie Musik, wie das Lied einer hölzernen Flöte, die abertausendmal poliert worden ist. Sie beugte sich über das Kind und atmete den Geruch des frisch gebadeten Babys ein. Diesen Augenblick wurde sie nie leid.

Das Menschenblut in seinen Adern wärmt das träge Elfenherz mit seinem Feuer, dachte sie. »Oh, ja, Kleiner«, flüsterte sie eindringlich, und ihre Augen glänzten dabei wie brauner Achat, »du wirst diese Leidenschaft brauchen. Für einen Halb-Elfen ist das Leben in Qualinost heutzutage nicht einfach.«

Abgesehen davon, daß der Junge gesund und kräftig war, hatte die alte Hebamme im Augenblick wenig Grund zur Freude. Während sie langsam schaukelte, warf sie einen Blick auf die Bettstatt, die sie außer Reichweite des Feuerscheins im Alkoven hergerichtet hatte. Sie hatte die Lampe gelöscht, die während der endlos erscheinenden Stunden am Fuße des Lagers gebrannt hatte; auf dem Bett lag eine Gestalt im Dämmerlicht. Nach stundenlangem, erschöpfendem Kampf war ihr Gesicht jetzt friedlich.

Für eine Elfin war Eld Ailea winzig. Sie hatte runde, haselnußbraune Augen, die in Qualinesti selten waren, Augen, die verrieten, daß unter ihren Vorfahren Menschen gewesen waren. Dennoch besaß sie ebenfalls die spitzen Ohren, die schlanke Gestalt und die langen Finger ihrer Mutter, einer Elfin.

Sie hatte so lange unter den Elfen von Qualinesti gelebt, daß diese sich nicht mehr an die Zeit erinnern konnten, als Eld Ailea noch nicht dagewesen war und ihren wenigen, kostbaren Kindern auf die Welt geholfen hatte. Sie war ein vertrauter Anblick, wenn sie mit ihrem Hebammenbeutel an der Seite durch die baumartigen, rosenfarbenen Häuser der Stadt Qualinost lief. Die meisten Bewohner der Stadt – ganz gewiß jede Elfenfrau, die eine schwierige Schwangerschaft hinter sich hatte – übersahen das elfisch-menschliche Mischblut der alten Hebamme. Ihr Wissen über Kräuter hatte vielen Müttern in den Wehen geholfen, und obwohl sie keine Magierin war, wußte sie genug über Magie, um fast jeden Schmerz zu lindern.

Dennoch hatte sie Elansa nicht retten können.

Unbewußt zog Eld Ailea das Waisenkind fester an sich, so fest, daß es aufwachte und quäkte. Da setzte sie rasch den Schaukelstuhl wieder in Bewegung und streichelte die kleine Stirn, die Wangen und den Nasenrücken, bis seine Augenlider zufielen und es wieder einschlief.

Plötzlich nahm sie ein leises Geklingel wahr – die Glöckchen an einem oder vielleicht auch mehreren Pferdegeschirren. Bald hörte sie die Stimme ihrer Dienerin unten im Eingangsraum, kurz darauf Schritte auf der steinernen Wendeltreppe zum ersten Stock ihres turmartigen Hauses. Sie legte sich das Neugeborene an die Schulter, dann öffnete sie die Holztür, die mit Schnitzereien von Espenblättern verziert war.

Auf der Schwelle stand die Stimme der Sonne, der Herrscher von Qualinesti. Sein Gesicht war voller Sorge. Die eine Seite seiner golddurchwirkten Robe glitzerte vom Feuerschein, die andere Seite war in das Licht des silbernen Mondes, Solinari, getaucht, das durch ein Fenster neben der Tür hereinfiel. Wo die Strahlen den Boden berührten, mischte sich Rot hinein wie

Blutstropfen. Auch Lunitari, der rote Mond von Krynn, ging gerade auf.

Eld Aileas Blick wanderte zu der Gestalt auf dem Bett. Die Augen der Stimme folgten ihm. »Schläft sie?« fragte er leise. Wieder wehte ein Lufthauch durch das offene Fenster herein, und von der Straße unten drang Lachen herauf. Eld Ailea schüttelte den Kopf und wandte ihr runzliges Gesicht dann dem schlafenden Baby zu, wobei sie aus dem Augenwinkel beobachtete, wie die Stimme langsam zu dem Frauenkörper ging. Seine Hand zitterte, als er sie nach Elansa ausstreckte, der Witwe seines toten Bruders, doch dann hielt sein Arm inne, und die Hand fiel schlaff an der Seite herunter.

Er schluckte. »Du, Ailea, mit all deiner Kunst ... Wenn du sie nicht retten konntest, konnte es niemand.«

Die Hebamme schüttelte mitleidig den Kopf. »Sie war zu schwach, Solostaran. Sie blieb, bis das Kind geboren war, und sie hat es noch einmal gestillt, aber dann gab sie auf.«

Die Stimme der Sonne starrte sie an. Er schien nicht bemerkt zu haben, daß sie seinen richtigen Namen benutzt hatte und nicht den Titel, den er übernommen hatte, als er vor über hundert Jahren das Podium im Sonnenturm bestiegen und die Herrschaft über die Elfen von Qualinesti übernommen hatte. Ein Hauch von Schmerz zuckte über sein Raubvogelgesicht. »Sie hat aufgegeben ...«, wiederholte er leise. Für Elfen war das Leben heilig, und wenn man es freiwillig beendete, war das Blasphemie.

»Das Kind ...?« fragte er.

Die Lippen der Hebamme verzogen sich zu einem seltsamen Lächeln, das weder freudig noch traurig war. Die Erinnerung an jene Nacht vor so langer Zeit, in der Solostaran selbst zur Welt gekommen war, schoß ihr durch den Kopf. Wie anders war damals die Umgebung gewesen, wie reich ausgestattet die Gemächer, blendend hell vom Fackellicht erleuchtet. Wie ehrfürchtig das Gefolge, das in den Schatten vor den Gemächern gekauert hatte. Was waren die Zimmer einer mischblütigen Hebamme im Vergleich dazu, auch wenn sie die beste Hebamme von Qualinesti war. Elansa hätte ihr Kind am Hof gebären können, aber sie war lieber zu Eld Ailea nach Hause gekommen.

Eld Ailea hielt das Baby hoch, damit die Stimme es sehen konnte. Solostaran kniete sich hin, warf einen kurzen Blick auf den Jungen und ließ den Kopf hängen. »Aha«, sagte er kalt. »Es ist also, wie wir es befürchtet haben.«

Nein, hätte Eld Ailea fast gesagt. Es ist, was *du* befürchtet hast. Aber sie hielt ihre Zunge im Zaum. Kethrenan, der jüngere Bruder der Stimme, war auf dem Weg zur Festung Pax Tarkas, im Süden von Qualinesti, bei einem Überfall von menschlichen Banditen getötet worden. Obwohl die Rassen der Elfen und der Menschen sich einst – vor Tausenden von Jahren – nahegestanden hatten, waren solche Räuberbanden von Menschen seit den Zerstörungen der Umwälzung nur allzu üblich geworden. Die Bande hatte Kethrenans Frau, Elansa, vergewaltigt und sie dann im Straßenschlamm liegenlassen, wohl, weil man sie für tot hielt. In den letzten Monaten war sie praktisch eine lebende Tote gewesen. Ihre Augen waren leer gewesen, und sie hatte gerade eben genug gegessen, um das Leben zu nähren, das in ihr heranwuchs, hatte hauptsächlich *Quith-Pa,* das nahrhafte Elfenbrot, und unverdünnten Wein zu sich genommen. Das Kind hätte von Kethrenan oder von dem menschlichen Vergewaltiger sein können, und Elansa hatte abgewartet, ob die Antwort auf diese Frage wirklich so ausfiel, wie sie es befürchtet hatte.

»Das Kind ist ein Halbmensch«, sagte Solostaran, der immer noch kniete. Seine Hand lag auf der Armlehne des Schaukelstuhls.

»Es ist auch ein Halbelf.«

Solostaran schwieg eine Weile, doch dann sah Eld Ailea die stolze Maske bröckeln, und die Stimme schüttelte den Kopf.

Das Baby schlief noch. Vorsichtig berührte die Stimme eine der beiden, winzigen Hände. Reflexhaft öffnete sich die Hand und klammerte sich dann am Finger der Stimme fest. Eld Ailea hörte, wie Solostaran tief Luft holte, und sah Milde in seinen Augen aufkeimen. »Was für ein Leben mag einen erwarten, der von zwei Dingen die Hälfte ist und nichts Ganzes?« fragte die Stimme. Aber Eld Ailea hatte keine Antwort für ihn, und lange sagte keiner von beiden ein weiteres Wort. Der Blick der Hebamme blieb ungerührt.

Für einen Augenblick zeigte sich ein gepeinigter Ausdruck in den Augen der Stimme. Dann kehrte der Stolz in sein Gesicht zurück. »Er ist der Sohn der Frau meines Bruders, und er wird bei mir leben. Er soll wie ein echter Elf von Qualinesti aufwachsen.« Eld Ailea seufzte, berührte die Wangen des Neugeborenen und küßte seine Stirn, bevor sie das Bündel wortlos der Stimme überreichte. »Hat der Kleine schon einen Namen?« fragte Solostaran, der anscheinend jeden Blick auf die starre Gestalt im Bett mied. »Hat Elansa ihm einen gegeben?«

»Ja«, flüsterte die Hebamme nach einer Pause. Sie zögerte bei der Lüge. »Sie nannte ihn ›Tanthalas‹.« Eld Ailea strich ihren wollenen Rock glatt, weil sie es nicht wagte, der Stimme in die Augen zu sehen, damit er nicht die Wahrheit erriet. Doch ihr Geschenk an das Kind würde etwas Dauerhaftes sein – ein Name. »Immer stark«, bedeutete der Name in dem Menschendialekt, den Eld Ailea als Kind gelernt hatte.

Solostaran nickte nur. Als er zur Tür ging, trug er das Baby so geschickt wie ein erfahrener Vater. Porthios, sein Erstgeborener, war erst fünfzig Jahre alt, immer noch ein Jugendlicher. Eld Ailea hievte ihren plötzlich erschöpften Körper aus dem Stuhl und folgte ihm. Sie blieben in der Nachtluft am Fenster stehen; die Frische des Frühlings drang herein, erfaßte sein goldenes Haar und wehte es aus der Stirn. Dort ruhte ein goldener Reif, der im Licht der Monde silbern und karmesinrot glänzte.

»Ich fürchte, ich tue ihm keinen Gefallen, wenn ich ihn an den Hof bringe«, sagte die Stimme. »Ich bezweifle, daß er dort Frieden finden kann. Aber wir sind verwandt, darum muß ich es tun.«

Solostaran zog das Leintuch um das Gesicht des Kindes, damit es vor der Feuchtigkeit geschützt war, und die Hebamme und die Stimme blieben noch vor dem Fenster stehen. In diesem Moment blitzte ein silberner Streifen am Himmel auf. Eine Sternschnuppe, Himmelslicht, das auf Krynn fiel, zog ihren feurigen Schweif nordwärts hinter sich her. Die Stimme schien das Omen nicht zu bemerken, doch Eld Ailea schloß hoffnungsvoll ihre Finger um das Amulett, das die sterbende Elansa ihr aufgenötigt hatte. Für das Volk der Hebamme verhieß eine Sternschnuppe gute Kameraden. Und ein Halb-Elf würde gute Freunde brauchen.

»Ich werde andere schicken, die sich um Elansa kümmern sollen«, sagte Solostaran, wobei seine Stimme etwas bebte. Dann ging er und nahm das Baby mit. Eld Ailea blieb am Fenster stehen, bis das Klingeln der Glöckchen und der dumpfe Hufschlag auf den gepflasterten Straßen verklungen waren.

Weit im Norden schlief ein kleiner Ort in der Dunkelheit. Es war eine Stadt aus Holzhäusern, von denen die meisten oben in die sicheren Zweige uralter, turmhoher Bäume gebaut waren. Luftige Hängebrücken verbanden die Häuser miteinander. In einem der wenigen Häuser auf dem Boden – dem einzigen, wo noch ein schwaches Licht durch die offenen Fensterläden hinausschien – saß eine einzelne Gestalt. Sie war klein, von der Größe eines Menschenkindes, hatte aber kräftige Glieder und breite Schultern, und vom Kinn kräuselte sich ein dichter Bart auf die Brust. Der Zwerg saß am Tisch und hielt ein Stück Holz in der Hand, das er immer wieder drehte. Mit einem kleinen Messer schnitzte er hier und da daran herum. Trotz seiner gedrungenen Finger arbeitete er dabei sehr präzise. Schon bald entstand ein glattes, zartes Gebilde aus dem weichen Holz: das Abbild eines Espenblatts. Er hatte erst einmal eine Espe gesehen, weit im Süden in der Nähe seiner Heimat, die er vor gar nicht so langer Zeit verlassen hatte, um in der weiten Welt sein Glück zu machen. Blaß und schmal hatte der Baum am höchsten Punkt eines hohen Passes gestanden, welcher zum Land der Elfen führte – das jedenfalls hatte sein Vater ihm erzählt. Vielleicht hatten die Qualinesti-Elfen ihn dort in Erinnerung an ihre Waldheimat gepflanzt, falls sie einmal zufällig diesen Weg nehmen sollten. Der Baum mit seinen Blättern, die auf der einen Seite grün und glänzend wie Smaragde waren und auf der anderen wie silberner Reif, gehörte für ihn zum Schönsten, was er je gesehen hatte. Vielleicht würde er eines Tages noch einmal das Glück haben, eine Espe zu sehen. Vorerst aber würde das Holzblatt reichen müssen.

Schließlich wurde der Zwerg müde. Er stand auf und blies die Kerze auf dem Tisch aus. Als er auf dem Weg zum Bett am Fenster vorbeikam, bemerkte er ein Aufblitzen im Süden. Einen langen Moment sah man das Licht über den dunklen Himmel sausen. Dann war es fort.

»Reorx! Noch nie hab ich so eine Sternschnuppe gesehen!« murmelte er und erschauerte, obwohl die Frühlingsnacht ganz und gar nicht kalt war. Doch dann fragte er sich, warum er dort aus dem Fenster starrte wie ein Welpe, der so etwas zum ersten Mal sieht, schüttelte den Kopf, schloß die Läden und legte sich hin, um von Espen zu träumen.

Kapitel 1

Die Einladung

A. *C. 288, Vorfrühling*

»Flint Feuerschmied aus Solace, Zwerg und Schmiedemeister, auf Einladung der Stimme der Sonne!« ertönte eine Stimme.

Flint spähte mißtrauisch durch die vergoldeten Türen, die sich vor ihm auftaten, doch dann weiteten sich seine stahlblauen Augen vor Erstaunen, als sein Blick nach oben wanderte – und immer weiter nach oben. Er bestaunte die weißen Marmorwände, die sich ohne die Hilfe von Säulen, Stützen oder Verstrebungen fast sechshundert Fuß bis zur gewölbten Decke erhoben. In Flints Augen wirkte die Kuppel fast so fern wie der Himmel selbst, und dieser Eindruck wurde auch noch durch ein glitzerndes Mosaik in der Kuppel verstärkt, das auf der einen Seite die Nacht, auf der anderen den Tag darstellte. Die beiden Bereiche waren durch einen durchscheinenden Regenbogen getrennt. Schon beim Anblick des enormen Turms wurde ihm schwindlig. Flint fiel die Kinnlade herab, und seine Augen tränten, als er sie zusammenkniff und das Mosaik dort oben genauer betrachtete, bis ihn das höfliche Hüsteln des Dieners, der ihn angekündigt hatte, wieder in die Gegenwart zurückrief.

»Feuerschmied, benimm dich nicht wie ein Tourist«, schalt der Zwerg sich leise. »Alles wird denken, daß du noch nie aus Hügelheim herausgekommen bist.« Das winzige Dorf seiner Geburt lag weit im Süden des Elfenlands. Er richtete sich auf, strich die blaugrüne Tunika glatt und ging weiter in den Saal hinein. Ein Dutzend Höflinge in knielangen, braunen, grünen und rostroten Tuniken mit Silbergürtel drehte sich nach ihm um, als seine eisenbeschlagenen Stiefel, die im Kampf so praktisch waren, über den Marmorboden donnerten. Die weichen Schuhe seines Begleiters glitten dagegen fast geräuschlos über den Marmor. Flint versuchte, auf Zehenspitzen zu gehen, was in Stiefeln ein schwieriges Unterfangen ist. Er merkte, wie sich auf dem Gesicht seines Begleiters ein leises Grinsen abzeichnete. Die mandelförmigen, braunen Augen schauten freundlich. Ein paar Höflinge lächelten, doch die meisten Elfen verzogen keine Miene, als wäre ihr Gesicht aus dem Eis der Polkappe im Süden geschnitzt.

Die Qualinesti-Elfen im Westen stammten von den Silvanesti-Elfen ab, die viele Wochen entfernt im Osten lebten. Vor fast zweitausendfünfhundert Jahren hatten sich die westlichen Elfen von ihren östlichen Verwandten getrennt und waren unter der Führung des Helden Kith-Kanan in einen abgelegenen Wald an der Grenze des Zwergenkönigreichs Thorbardin gezogen. Die Qualinesti-Elfen hatten sich mit den Zwergen von

Thorbardin zusammengetan, um den Sonnenturm zu bauen. Auch beim Bau von Pax Tarkas, einer mächtigen Festung zwischen den beiden Königreichen, hatten sie zusammengewirkt und die Festung über eintausendfünfhundert Jahre lang gemeinsam bemannt, bis sich die Elfen zur Zeit der Umwälzung vor drei Jahrhunderten – zu Lebzeiten von Flints Großvater – nach Qualinost zurückgezogen hatten.

Seitdem hatte kein Nichtelf die Hauptstadt von Qualinesti betreten.

Ein Zischen rief Flints Gedanken in die Gegenwart zurück. »Die Umgebung ist etwas gewaltig für einen *Zwerg.*« Die Worte, die Flint aufmerken ließen, stammten von einem hochgewachsenen Elfen, der links von dem Zwerg an einem Pfeiler stand. Die silbergraue Robe des Elfen paßte perfekt zu seinem weißen Haar, das ein starres Gesicht umrahmte; seine Lippen hatte der alte Elf verächtlich geschürzt.

Flint blieb stehen, überlegte und sprach den Elfen an, der ihn so empört anblickte, wie es mitunter Leute tun, die aufgrund ihres hohen Alters glauben, daß sie jederzeit ungestraft ihre Ansichten kundgeben dürfen. »Sind wir uns schon einmal begegnet, Sir?« erkundigte sich Flint mit leiser Stimme. »Wenn nicht, dann kommt es mir so vor, daß Eure Ansicht auf mangelndem Wissen beruht.« Er legte die Hand auf die Streitaxt an seinem Gürtel.

Ein blaues und ein braunes Augenpaar begegneten sich einen Moment lang und rangen miteinander, dann bemerkten Elf und Zwerg, daß die anderen Höflinge sie angafften. Der Elf machte auf dem Absatz kehrt und verließ lautlos den Turm.

»Wer war das?« fragte Flint seinen Begleiter in etwas zu lautem Flüsterton.

Die Stimme des Dieners war kaum hörbar. »Lord Xenoth, der die Stimme der Sonne schon länger berät, als du oder ich leben. Manche sagen, daß er schon hier war, als Kith-Kanan und seine zwergischen Verbündeten den Turm erbaut haben«, kam die Antwort. Der Diener war erstaunlich gewandt darin, leise zu sprechen, fand Flint, und anscheinend bemühte sich der Elf darum, gewisse Gefühle zu verbergen – seine Lippen zuckten irgendwie unkontrolliert.

Flint war der erste Zwerg, der das Innere des Turms seit seiner Erbauung vor über zweitausend Jahren zu Gesicht bekam. Nicht übel, dachte er. Seine Mutter würde stolz sein.

Noch vor wenigen Wochen hatte er gemütlich in Solace gesessen und im Wirtshaus »Zur Letzten Bleibe« Bier getrunken. Er drehte sich zu seinem Begleiter um, weil er wissen wollte, ob Qualinesti-Elfen Bier tranken, doch der sah woanders hin.

Der Zwerg wußte, daß er angesichts der Schönheit des Turms und der Anmut der Elfen eine komische Figur abgab. Obwohl er höchstens halb so groß war wie sie, hatte er eine Brust wie ein Faß, und seine am Amboß kräftig gewordenen Arme waren doppelt so stark wie die der stärksten Elfen. Zu seiner blaugrünen Tunika trug er rostrote Hosen mit einem dicken Ledergürtel und hatte einen grauen, von der Reise schmutzigen Mantel umgelegt. Das Ende seines langen Bartes hatte er in den Gürtel gesteckt, das schwarze Haar hatte er mit einem Lederband am Hinterkopf zusammengebunden. Unglücklicherweise hatte Flint keine Ahnung, wie man sich zu kleiden hatte, wenn man dem Herrscher eines Elfenkönigreichs vorgestellt wurde, und obwohl er sein Bestes gegeben hatte, wuchs in ihm die Vermutung, daß das bei weitem nicht genug gewesen war. Nur leider hatte der Zwerg wenig golddurchwirkte Tuniken im Schrank hängen. Seine Reisekleidung würde reichen müssen, dachte er seufzend.

Sie waren schon merkwürdig, diese Elfen, fand er, als er zwischen ihnen hindurchlief. Vor und hinter ihm wurde geredet, aber wenn er vorbeikam, schwiegen sie. Sie waren zwar groß, ansonsten aber schmal und glänzend wie junge Espen – und dazu sehr schön in goldenes Licht gehüllt. So zumindest wirkte es auf den Zwerg. Vielleicht war das nur ein Lichteffekt. Vor langer Zeit, beim Bau des Turms, hatten Zwergenhandwerker Tausende von Spiegeln so ausgerichtet, daß immer Sonnenlicht in den Turm fiel, ganz gleich zu welcher Tageszeit.

Die schweigenden Elfen beobachteten den bärtigen Zwerg mit höflicher Neugier, und nach einer halben Ewigkeit fand sich Flint schließlich vor dem niedrigen Podest in der Mitte des Raums wieder.

»Willkommen, Meister Feuerschmied«, sagte der Elf, der dort stand. Die Stimme der Sonne von Qualinesti war hochgewachsen, selbst für einen Elfen, und seine Position auf dem Podest ließ ihn noch größer erscheinen. Flint fühlte sich regelrecht erschlagen. Die Stimme der Sonne, ein Nachfahre des Helden Kith-Kanan persönlich, ließ ihn vor Ehrfurcht erstarren.

Die Stimme lächelte, woraufhin Flints Magen sich etwas beruhigte. Solostarans Lächeln kam von Herzen und strahlte aus seinen weisen Augen, die so grün waren wie der grünste Wald. Flint seufzte. Jetzt fühlte er sich ein wenig wohler. Die kühlen Blicke der Höflinge waren nun nur noch halb so wichtig. »Ich nehme an, Eure Reise ist ohne Zwischenfälle verlaufen«, sagte die Stimme.

»Ohne Zwischenfälle! Reorx!« wiederholte der Zwerg empört.

Zwei Elfenwachen hatten ihn herrisch von seinem Lieblingsstuhl im Wirtshaus »Zur Letzten Bleibe« fortgerufen und ihn gebeten, sie zu der geheimnisvollen Elfenhauptstadt zu begleiten, die in den letzten Jahrhunderten so wenige Nichtelfen zu Gesicht bekommen hatten. Sie waren über geheime Treppen hinter Wasserfällen hochgestiegen, an Abgründen entlang und durch feuchte Tunnel gelaufen.

Die Aussage, die Stadt sei gut geschützt, war eine Untertreibung. Die zerklüfteten Gipfel im Süden von Qualinost erhoben sich so bedrohlich hoch, daß selbst der entschlossenste Gegner innehalten mußte. Im Westen, Norden und Osten war

Qualinost von zwei Flüssen geschützt, deren fünfhundert Fuß tiefe Klammen sich im Norden vereinigten. Zwei schmale Brücken – die leicht einzureißen waren, sollten Feinde wirklich den Weg durch die Wälder um die eigentliche Stadt finden – stellten die einzigen Zugänge über die Schluchten dar.

Da merkte der Zwerg, daß die Stimme auf eine Antwort wartete. »Oh. Ich – äh – gut, danke Sir. Hoheit«, stammelte er, während er sich zu erinnern versuchte, was Solostaran ihn gefragt hatte. Sein Gesicht glühte, als die Höflinge um ihn herum näher kamen. Sein Begleiter verbeugte sich und trat zurück. Flint fühlte sich plötzlich im Stich gelassen.

»Und gefällt Euch unsere geliebte Stadt?« fragte die Stimme höflich.

Flint, der sich in seiner Schmiede wohler fühlte als in »gehobener Gesellschaft«, wie es seine Mutter genannt hätte, wußte wieder keine rechte Antwort. Wie beschreibt man seinen ersten Eindruck von einer Stadt, die vielleicht die schönste von Krynn ist? Die Qualinesti-Elfen ehrten ihre Waldheimat durch Gebäude, die einen an die Espen, die Eichen und den Wald erinnerten. Weil sie den rechten Winkel ablehnten, der an den zu analytischen menschlichen Verstand gemahnte, bauten die Elfen ihre Häuser so mannigfaltig wie die Natur selbst. Kegelförmige und baumartige Häuser und Geschäfte säumten die blaugepflasterten Straßen. Aber die Gebäude selbst waren nicht aus Holz, sondern aus Rosenquarz. Im Licht des Nachmittags hatte die Stadt geglitzert, als das Licht sich in den Facetten des Quarzes brach. Überall blühten Birnbäume, Pfirsichbäume und Apfelbäume in verschwenderischer Pracht. Der Duft der Blüten drang sogar bis in den Sonnenturm.

»Die Stadt ist wunderschön, Hoheit«, sagte Flint schließlich.

Ihm sank das Herz in die Hose, als mehrere Höflinge nach Luft schnappten. Was hatte er falsch gemacht? Die Stimme stieg von dem Podest und beugte sich zu dem Zwerg hinunter. Flint zeigte sich ungerührt, innerlich wand er sich jedoch.

»Nennt mich ›Stimme‹«, sagte Solostaran so leise, daß selbst die nächststehenden Elfen nichts hörten. Flint nickte, und Solostaran richtete sich wieder auf. Aber ein Paar gespitzte Ohren hatten die Worte der Stimme aufgeschnappt. Ein rasch unterdrücktes Kichern ließ den Zwerg hinter die Stimme blicken und brachte einen verärgerten Zug auf das Gesicht der Stimme. Hinter dem Podium standen drei junge Elfen – nein, erkannte Flint, der eine, ein trotzig wirkender Junge mit rotbraunen Haaren, war ein Halbelf. Die Stimme wies auf die beiden reinen Elfen. »Meine Kinder. Gilthanas. Und Lauralanthalasa, die eine Lektion in Benehmen bei Hof braucht.« Das Mädchen kicherte erneut.

Der Junge war eindeutig eine junge Ausgabe seines schlanken, eleganten Vaters. Und das Mädchen ...! So etwas wie dieses Elfenmädchen hatte Flint noch nie gesehen. Sie hübsch zu nennen, wäre gewesen, als würde man die Sonne eine Kerze nennen, überlegte Flint, auch wenn er kein Dichter war. Sie war schlank wie eine Weide, ihre Augen besaßen die Farbe junger Blätter, und das Haar war so golden wie das Licht der Morgensonne. Die Stimme warf ihr einen strengen Blick zu, woraufhin das bildschöne Mädchen einen Schmollmund zog. Sie war die einzige im Raum, die kleiner war als Flint, und benahm sich wie ein fünf- oder sechsjähriges Menschenkind, doch er hätte wetten mögen, daß sie mindestens zehn war.

»Und das?« fragte Flint mit einem Nicken zu dem Halbelf, der rot wurde und sich zur Seite drehte. Plötzlich erschien es dem Zwerg so, als hätte er den Jungen in eine furchtbar peinliche Lage gebracht, indem er auf ihn aufmerksam machte. Er war älter als die beiden anderen, und Flint glaubte nicht, daß er mit ihnen verwandt war. Im Gegensatz zu den gertenschlanken Elfen war sein Körper etwas kräftiger, weniger feingliedrig, und seine Gesichtszüge waren nicht ganz so ebenmäßig. Er erinnerte Flint eher an einen der Menschen aus dem fernen Solace.

Die Stimme antwortete ungerührt: »Das ist mein Mündel, Tanthalas oder auch Tanis.«

Wieder wußte Flint nichts zu sagen. Der Junge fühlte sich offensichtlich unwohl, weil er aufgefallen war. In diesem Moment tauchte der Berater, den Flints Begleiter als Lord Xenoth bezeichnet hatte, aus einem Raum hinter dem Podium auf und stellte sich vor den Halbelfen. Tanis trat beiseite. Von dem Jungen strahlte Trotz aus wie Hitze von einem Lagerfeuer, doch gegen wen dieses Gefühl sich richtete, hätte Flint nicht sagen können.

Die Stimme zeigte auf einen anderen Elfen, der weiter rechts unter einem der geschnitzten Marmorbalkone stand. Der Elfenlord hatte dunkelblonde Haare und regelmäßige, eckige Gesichtszüge. Bis auf seine engstehenden, unter tiefsitzenden Brauen verborgenen Augen konnte man ihn gutaussehend nennen, dachte Flint. Sein Gesicht wirkte wahrscheinlich selbst dann finster, wenn er glücklich war, befand der Zwerg. Der Elfenlord stand mit drei anderen, ebenso stolzen Elfen zusammen, zwei Männern und einer Frau.

»Mein ältester Sohn, Porthios«, sagte Solostaran stolz. Der Elfenlord neigte etwas den Kopf. Oho, dachte Flint, das ist aber ein Stolzer und wahrscheinlich auch nicht besonders glücklich, andere als reinrassige Elfen – mit Blut, dessen Reinheit man bis zu den Sippenmord-Kriegen zurückverfolgen kann – in seinem kostbaren Turm zu haben.

Die Stimme wartete wieder. Flint beschloß, daß er mit Ehrlichkeit am weitesten kommen würde.

»Ich fürchte, ich weiß nur sehr wenig vom Hof und noch weniger von Elfen, auch wenn ich hoffe, daß letzteres sich bald ändern wird«, sagte er, wobei sich seine Schultern etwas entspannten.

»Warum seid Ihr meinem Ruf gefolgt?« fragte Solostaran. Seine grünen Augen waren so tiefgründig, und Flint kam es einen Augenblick so vor, als sei er allein mit der Stimme im

Raum. Der Zwerg erhaschte einen Hauch der Macht, die die Stimme seit Kith-Kanan besaß. Besser, ich verärgere ihn nicht, dachte er.

»Während der Reise der letzten Wochen hatte ich Zeit, darüber nachzudenken«, sagte Flint. »Ich muß sagen, mein Hauptgrund ist die Neugier.« Lord Xenoth verzog die geschürzten Lippen und drehte sich wieder zur Seite, wobei seine Silberrobe das Podium streifte. »Neugier tötete den Kender«, flüsterte der alte Berater den Kindern hörbar zu, die die Stimme als Gilthanas und Lauranthalasa vorgestellt hatte. Gilthanas kicherte höhnisch. Das Mädchen sah den alten Elfen befremdet an, blickte betont zur Seite und stellte sich neben den Halbelfen, Tanis. Dieser stand reglos da und bemerkte die Nähe des bezaubernden jungen Mädchens scheinbar nicht.

Solostaran warf Xenoth einen Blick zu, der den alten Elfen blaß werden ließ, worauf der Halbelf dünn lächelte. Als die Stimme sich wieder Flint zuwandte, waren ihre Augen jedoch freundlich. »Neugier«, wiederholte er.

»Wie die meisten habe ich Qualinesti noch nie gesehen«, erklärte Flint. »Es ist allgemein bekannt, daß die Wälder von Qualinesti für gewöhnliche Leute fast undruchdringlich sind. Daß mir eine Eskorte angeboten wurde – und zwar von der Stimme der Sonne höchstpersönlich –, ist wahrlich eine große Ehre.« Keine schlechte Rede, dachte der Zwerg, und das langsame Nicken der Stimme machte ihm Mut, fortzufahren. »Die Handwerkskunst der Qualinesti-Elfen ist in ganz Ansalon bekannt. Eure Produkte werden in Haven, Thorbardin, Solace und anderen Städten der Gegend teuer gehandelt. Ehrlich gesagt, habe ich gehofft, ein paar gute Tips für meine eigene Arbeit zu bekommen.«

Und außerdem, fügte der Zwerg im stillen hinzu, hatten die Gesandten der Stimme im Wirtshaus »Zur Letzten Bleibe« so viele Runden Bier für Flints Freunde ausgegeben, daß sich dem Zwerg alles gedreht hatte. Als er am nächsten Morgen aufwachte, war sein Gepäck schon auf dem Rücken eines Maultiers festgezurrt. Und ihn hatte man mit baumelndem Kopf und baumelnden Füßen gleich neben das Gepäck geschnallt.

»Meint Ihr Eure Worte ernst, Meister Feuerschmied?« fragte die Stimme ihn gelassen, und Flint zwinkerte.

»Ich – ich bin nicht sicher, was Ihr meint«, brachte er stotternd heraus.

»Ihr sagtet, Ihr wüßtet wenig über Elfen und würdet das gern ändern. Ist das wirklich so?«

Flint sah sich um, betrachtete den luftigen Turm, die goldhaarigen Elfen und die königliche Gestalt der Stimme in ihrer prächtigen grünen, mit Gold bestickten Robe. Der Duft der Frühlingsblüten war etwas zu schwer, aber selbst das war einzigartig. So seltsam das alles war, besonders für einen Hügelzwerg, der sich auf Schlachtfeldern und in Tavernen besser auskennt als in vergoldeten Türmen – Flint stellte fest, daß er nur nicken und ja sagen konnte.

»Ich muß gestehen, daß in jüngster Zeit auch unser Wissen über die Zwergenrasse abgenommen hat«, sagte die Stimme. »Einst waren unsere Völker Freunde. Gemeinsam haben sie die große Festung Pax Tarkas gebaut – und diese Stadt. Für uns selbst schlage ich kein so gewaltiges Unterfangen vor, Meister Feuerschmied. Ich wäre zufrieden, wenn wir zwei einfach eine Freundschaft schließen könnten.«

Ein paar der Elfenhöflinge murmelten zustimmend. Zahlreiche andere, einschließlich Lord Xenoth und dem Grüppchen um Porthios, schwiegen. Flint merkte, daß er nur dämlich grinsen konnte, wobei er die Hände in die Taschen steckte. »Reorx!« brach es plötzlich aus ihm heraus, und seine Augen weiteten sich. »Ähm, ich bitte um Verzeihung, ähm … Stimme.«

Solostaran versuchte nicht länger, sein Lächeln zu verbergen. »Ich nehme an, Ihr wundert Euch, warum ich Euch gerufen habe, mein Zwergenfreund«, sagte er. Dabei hob er seine goldberingte Hand, und ein Armband aus Silber und Moosachat rutschte vom Handgelenk auf den Unterarm. Flint sperrte die Augen auf, als er seine eigene Arbeit erkannte. Dann trat ein Diener mit einem Silbertablett vor, das mit dem Abbild eines Silberdrachen verziert war. Auf dem Tablett standen zwei Kelche aus dünn gehämmertem und glänzend poliertem Silber. Drei Espenblätter »wuchsen« aus dem Stiel und umrankten die Weinkelche.

»Das ist ja …«, brach Flint los, hielt dann aber inne. Der Diener wartete, bis die Stimme und der Zwerg jeder einen Kelch vom Tablett genommen hatten. Dann erhob Solostaran seinen Kelch.

»Ich trinke auf den Künstler, der dieses Armband und diese Kelche geschaffen hat, und ich hoffe, daß er uns die Ehre zukommen läßt und eine Weile an diesem Hof lebt, um ein paar Dinge speziell für uns herzustellen.« Er nahm einen Schluck und betrachtete Flint dabei aus seinen grünen Mandelaugen.

»Aber das ist …«, setzte Flint wieder an.

»Auf Euch«, endete die Stimme. »Ich habe Aufträge für Euch, wenn Ihr unsere Gastfreundschaft annehmen wollt. Aber darüber können wir auch morgen noch reden. Jetzt trinkt bitte.«

Flint drehte sich der Kopf bei dem Gedanken, daß der Herrscher aller Elfen von Qualinesti, einem Volk, das selbst für seine kunstvollen Gold- und Silberschmiedearbeiten berühmt war, die Bemühungen eines Zwerges pries. Darum kippte er den ganzen Inhalt des Kelchs hinunter, den er vor einem Jahr gemacht hatte. Auf dem Boden des Trinkgefäßes würde er sein Zeichen sehen, dazu das Wort »Solace« und das Jahr. Er wunderte sich über …

Der Gedanke ging verloren, als er den Elfenwein schmeckte. Seine Augen benebelten sich, und seine Zunge verkrampfte sich. »Bei Reorx' Hammer!« brachte Flint heraus.

Er hatte schon von Elfenblütenwein gehört, der für sein

betäubendes Bouquet von Obstblüten und die hammerartige Wirkung seines Alkoholgehalts bekannt war. Nur jemand mit Elfenblut konnte das süße Zeug vertragen, hatte er gehört, und es war in etwa dasselbe Gefühl, als hätte einem ein Zentaur gegen den Kopf getreten. Der Geruch von Apfel- und Pfirsichblüten schien seinen Körper von innen und außen zu durchströmen; Flint kam sich so vor, als wäre er bei lebendigem Leibe einbalsamiert worden. Zwei oder drei Stimmen schwankten vor ihm, die drei Elfen um Porthios wurden zu einer Versammlung von fünfzehn oder sechzehn. Lauralanthalasas Kichern erhob sich aus dem Chor der abanasinischen Nachtigallen, der plötzlich in seinem Kopf erklang. Flint schnappte nach Luft und wollte sich auf das Podium der Stimme setzen – Protokoll hin oder her –, aber dem Podium waren anscheinend Rollen gewachsen; er konnte es einfach nicht einholen.

Plötzlich war noch ein Elf an seiner Seite. Durch einen Tränenschleier sah Flint in Augen, die so blaß waren, daß sie wie durchsichtig wirkten. Das neue Gesicht wurde von ebenso farblosem Haar und der Kapuze einer scharlachroten Robe umrahmt. »Durch die Nase einatmen, durch den Mund aus«, sagte die Gestalt heiser.

»Aah«, krächzte Flint. »Uff!«

»Durch die Nase ein …«, wiederholte der Elf. Da der Zwerg sich sicher war, daß er sowieso sterben würde, folgte er einfach den Anweisungen des Elfen. »Haahh«, holte er Luft.

»… durch den Mund aus.«

»Puuuhh!« antwortete der Zwerg. Der Elf verstreute ein paar Kräuter und sagte Worte, die entweder Altelfisch waren oder Magie – oder beides. Flint ging es sofort besser. Mit dem leeren Kelch in der Hand lag er ausgestreckt auf den Stufen des Podiums. Im Saal befanden sich nur noch die Stimme, Lauralanthalasa, der junge Halbelf und der Zauberkundige, der den Zwerg gerettet hatte.

»Bei allem Respekt, Stimme, ich möchte meinen, daß unser Gast wohl kein zweites Glas wünscht«, erklärte der Elf, während er Flint auf die Beine half. »Elfenblütenwein ist wirklich nichts für normale Zungen.« Der Zwerg taumelte, und der Halbelf sprang vor und stützte ihn. Flint nickte ihm dankbar zu.

»Vielleicht würde Meister Feuerschmied diese Unterhaltung lieber zu anderer Zeit fortsetzen, Stimme«, meinte der Elf in der Robe höflich.

Solostaran zog die Augenbrauen hoch und betrachtete den Zwerg. »Vielleicht hast du recht, Miral«, erwiderte die Stimme.

»Umpf«, stieß Flint aus. »Es geht mir gut.« Er hustete und spürte, wie sein Gesicht blaß wurde. Der Zauberer schnipste mit den Fingern, und in seiner ausgestreckten Hand erschien dünn geschnittenes *Quith-Pa*. Flint kaute eine Scheibe Brot, während die Stimme das Elfenmädchen herbeiwinkte. Jetzt, wo nicht mehr Hof gehalten wurde, war Solostaran lockerer.

Das Mädchen, dessen Ohrenspitzen durch das feine, goldene Haar kaum zu sehen waren, nahm eine dünne Kette vom Hals. An einem Ende baumelte ein einzelnes, perfektes Espenblatt, das in dem goldenen Licht grün und silbern glitzerte. Obwohl es so natürlich wirkte, als hätte man es gerade erst von einem lebenden Baum gepflückt, bestand dieses Blatt aus Silber und Smaragd, die so kunstvoll verarbeitet waren, daß nur die Reflexe des Lichts darauf, die über das entzückte Gesicht des kleinen Mädchens tanzten, es von einem echten Blatt unterschieden.

Der Zwerg holte erstaunt Luft. Diese Bewegung ließ einen Pfirsichrülpser aufsteigen, was weiteres Gekicher von Lauralanthalasa zur Folge hatte. »Dieses Blatt habe ich vor sechs Monaten gemacht!« rief Flint aus und schluckte dann die letzten Krümel *Quith-Pa* herunter. »Ich habe es einem Elfen verkauft, der durch Solace kam.«

»Mein Gesandter«, sagte die Stimme. Flint wollte etwas sagen, aber die Stimme hielt eine Hand hoch. »Das Blatt ist in jeder Hinsicht perfekt. Kein Baum steht dem Herzen der Elfen näher als die Espe. Ich war entschlossen, den Künstler zu finden, der ein solches Gefühl mit seiner Arbeit umsetzen konnte. Und ich fand heraus, daß dieser Künstler kein Elf war, sondern ein Zwerg.«

Die Stimme hielt einen Moment lang inne. »Ihr müßt müde sein von der langen Reise«, sagte er. »Miral wird Euch Eure Zimmer zeigen.«

Solostaran sah zu, wie der Zwerg und der Zauberer den Raum verließen. Lange hatte man keinen Zwerg mehr in Qualinost gesehen. Zu lange. Die letzte Zeit war dunkel gewesen. Es schien immer noch wie gestern zu sein – nicht dreißig Jahre her –, daß man seinen Bruder Kethrenan ermordet hatte. Und das war nicht der letzte Überfall gewesen.

»Freundschaft ...«, wiederholte Solostaran. Die Welt konnte ein bißchen mehr Freundschaft gebrauchen.

Die Straßen der Elfenstadt breiteten sich vor Flints Füßen aus. Bevor Miral ihn in sein Zimmer führen würde, hatte Flint darum gebeten, daß er ihm einen Ort zeigte, von wo aus er mehr von der Stadt sehen konnte. Der Elf hatte ihn durch die gepflasterten Straßen geführt, an Gebäuden aus Marmor und Rosenquarz vorbei, deren Kristalle das Licht brachen, so daß alles in berauschenden Farben erstrahlte.

Espen, Eichen und Fichten umgaben die Gebäude, und die Häuser von Qualinost sahen dazwischen richtig lebendig aus, als würden sich ihre Wurzeln tief in die Erde bohren. In den Höfen, wo sich Frauen in hauchdünnen, silbernen Kleidern und Männer in moosgrünen Westen leise unterhielten oder wo sie der Musik von Zimbal und Flöte lauschten, sprudelten Springbrunnen. Die Luft war warm und klar, ihre Berührung sanft wie zu Mittsommer, obwohl Flint wußte, daß der Winter gerade erst vergangen war.

Während er das alles betrachtete, senkte sich die Sonne im Westen, und der rote Sonnenuntergang verschmolz mit den rosigen Tönen des lebenden Steins und tauchte die Stadt in rosafarbenes Licht. Die blauen und weißen Pflastersteine auf den Straßen nahmen eine purpurne Tönung an. In der Luft hing der Duft von frischgebackenem *Quith-Pa* und Wildschmorbraten, und nur wenige Elfen hatten so viel zu tun, daß sie nicht vor die Haustür kamen und sich am Ende des Tages erfreuten.

Der Blütenduft bekam dem Zwerg noch immer nicht, aber er beschloß, ihn zu ignorieren.

Miral führte ihn zu einer Straße, die sich in Schleifen einen Hang in der Mitte der Stadt hochschlängelte. Die Straße endete auf einem großen Platz, dem Himmelssaal. Seine Wände waren nur die blassen Stämme der Espen, sein einziges Dach der blaue Dom des Himmels. »Das ist ein Saal?« fragte Flint, nachdem der Zauberer ihm den Namen genannt hatte. »Da fehlt doch das Dach.«

Miral grinste. »Der Himmel ist das Dach, sagen wir, auch wenn manche glauben, daß es hier einst einen Saal gab, der etwas unermeßlich Wertvolles beschützte. Der Legende nach hat Kith-Kanan das Bauwerk an den Himmel gehoben, um das zu schützen, was darin war.« Versonnen atmete er die Pfirsichblütenluft ein. »Es heißt, wer das Bauwerk findet, wird großen Erfolg haben.«

»Das ist nicht zu verachten«, stimmte Flint zu.

Miral warf ihm einen Blick zu. Nach einer Pause lachte er kurz. Die beiden betrachteten Qualinost, das zunehmend von Zwielicht verhüllt wurde. Überall gingen hinter den ungewöhnlichen Glasfenstern der Elfenhäuser die Lichter von Lampen an.

Vom Himmelssaal aus, dem Mittelpunkt von Qualinost, konnte Flint den größten Teil der alten Stadt sehen. Vier Türme erhoben sich in jeder Himmelsrichtung über die Baumkronen, und dazwischen erstreckte sich je ein zarter Metallbogen, eine

Brücke, die die einzelnen Türme hoch über dem Erdboden in einem einzigen Bogengang verband. Die vier Bögen schimmerten selbst jetzt noch, wo die Sonne verschwunden war. Flint wußte, daß jeder stark genug war, das Gewicht einer ganzen Armee zu tragen, und ihm blutete das Herz, als er die Kunst der alten Zwerge bewunderte, die das gebaut hatten. Er fragte sich, ob Krynn jemals wieder etwas so Großartiges sehen würde. Genau im Norden, auf einem Hügel, noch höher als jener, auf dem sie gerade standen, erhob sich der Sonnenturm so hoch, daß Flint den Eindruck hatte, daß man von dort oben nur die Hand ausstrecken mußte, um den Himmel zu berühren. Der Turm war so hoch, daß seine goldenen Mauern die im Westen versunkene Sonne noch reflektierten, als die anderen Gebäude längst von den Schatten verschluckt waren.

»Seht Ihr die beiden Flüsse?« fragte ihn Miral und zeigte auf die tiefen Schluchten im Osten und Westen der Stadt. Flint knurrte. Ob er sie *sah?* Bei Reorx, er hatte einen von ihnen *überqueren* müssen, und das auf einer schwankenden Brücke, die höchstens stark genug für eine Felstaube sein konnte, aber nicht für einen kräftigen Zwerg. Der Gedanke an diesen tiefen, felsigen, klaffenden Abgrund unter ihm ließ ihn immer noch erschauern.

»Der im Osten heißt *Ithal-Enatha,* Fluß der Tränen«, fuhr Miral mit leiser Stimme fort. »Der andere ist der *Ithal-Inen,* der Fluß der Hoffnung. Hinter dem Turm fließen sie zusammen nach Norden zum Weißen Fluß und dann unten in den See.«

»Komische Namen«, schnaubte Flint.

Miral nickte. »Sie sind sehr alt. Die Flüsse haben sie erhalten, nachdem Kith-Kanan und sein Volk im Wald von Qualinesti angekommen waren. Die Namen stehen für die Tränen, die während der Sippenmord-Kriege vergossen wurden, und für die Hoffnung auf die Zukunft, als die Kriegc schließlich ein Ende gefunden hatten.«

Der Begleiter des Zwergs wurde still, und Flint war damit zufrieden, eine Weile an diesem stillen Ort zu verweilen und die Stadt zu betrachten. Schließlich war es Zeit zu gehen.

Miral begleitete Flint zum Palast der Stimme westlich des Sonnenturms, wo Flint seine vorläufige Bleibe gezeigt wurde: eine Suite von Zimmern mit hohen Decken und Marmorfußboden, die dreimal so groß waren wie sein Haus im fernen Solace. Der Magier erklärte ihm, daß er sich ganz nach Belieben ausruhen und erfrischen dürfe, und zeigte ihm dann die Tür, die in einen kleinen Raum führte, wo ihn ein Waschzuber mit nach Zimt duftendem Wasser erwartete. Dann blieb er allein zurück. Essen und Bier – aber kein Elfenblütenwein – sollten bald eintreffen.

»Ein Zwerg in Qualinost!« sagte Flint ein letztes Mal leise schnaubend zu sich selbst. Während er darüber nachgrübelte, daß der Elfengeschmack bezüglich Duft und Wein nicht gerade seinem eigenen entsprach, zog er Tunika und Hosen aus und tauchte in das würzig riechende Badewasser, um den Staub und Schmutz der Straße abzuspülen.

Als nicht lange darauf ein Elfendiener kam, fand er den Zwerg in eine rostrote Robe gehüllt und lautstark schnarchend auf dem Bett vor. Leise stellte der Diener das Tablett mit rotem Bier, Braten und gewürfelten Kartoffeln ab, blies die wenigen Kerzen aus, die den Raum erhellten, und überließ den Zwerg der Dunkelheit und seinen Träumen.

Kapitel 2

Hüte dich vor der Finsternis

Wenn der Erwachsene träumte, träumte er wie als Kind. Er träumte, er sei ein Kleinkind, das vor dem Eingang zu einem Tunnel stand. Der einst glatte Quarz, Marmor und Stein um den Eingang war jetzt von Alter und Vernachlässigung schmutzig. Ein kleiner Baum – keine Espe, keine Eiche, nichts, was der Junge in seinem kurzen Leben schon gesehen hatte – wuchs neben dem Höhleneingang aus dem Stein. Die Nase des Jungen zuckte bei dem Geruch nach feuchtem Stein und – blaue Augen wurden groß – dem Duft von Zimt! Zimt und Hagelzucker auf *Quith-Pa* – die Lieblingsleckerei des Jungen. Und nach einem Tag im Freien war er hungrig und müde.

Aus einem nahen Dickicht des Wäldchens, dem heiligen Hain in der Mitte von Qualinost, hörte er die Stimme seiner Mutter. Der Junge stand unentschlossen in der Öffnung des Tunnels und umklammerte ein Stofftier, einen Kodrachen, mit seiner dicken Hand. Gestern war die Höhle noch nicht dagewesen, dachte das Kind, aber heute war sie es. In einer Kinderwelt ist alles möglich, und dieses Kind hatte noch keine Angst kennengelernt.

Von drinnen lockte eine Gegenwart. Vielleicht würde die Gegenwart mit dem Kleinen spielen. Seine eigenen großen Brüder waren viel zu sehr mit Große-Brüder-Sachen beschäftigt. Die Mutter rief wieder, diesmal mit etwas ängstlicher Stimme.

Das Kind rang mit sich. War das »Das Spiel«, wo Baby sich versteckt und Mami es sucht? Gab es ein besseres Versteck als einen schönen Tunnel? Quarz, Marmor und Stein glänzten jetzt, als hätte eine magische Gegenwart sie von einem Augenblick auf den anderen poliert.

Die Mutter forderte den kleinen Jungen auf, aus seinem Versteck zu kommen. »Sofort, kleiner Elf. Sonst …«, warnte sie.

Damit war die Sache entschieden. Das Kind flitzte in die Höhle. Und in dem Moment, in der ersten unsicheren Pause im dunklen Tunnel, ging die Öffnung zu. Schlingpflanzen schossen aus der feuchten Erde hoch. Steine polterten und schlossen das Nachmittagslicht aus. Innerhalb von Sekunden war der Eingang verschwunden.

Der Kleine stand verunsichert vor dem Geröllhaufen, wo der Eingang zur Höhle gewesen war. Er wollte hinaus, aber es gab kein Hinaus mehr. Es gab kein Licht, keinen Zimtgeruch.

Es gab nur den Tunnel.

Der Mann erwachte wimmernd.

Kapitel 3

Flint lebt sich ein

A. C. 288, Spätsommer

Die Wochen nach der Ankunft in Qualinost waren für Flint mit Arbeit ausgefüllt. Heute marschierte der Schmied wie fast jeden Tag zum Sonnenturm, wo er nur wenige Augenblicke bei der Wache im kalten Korridor vor dem Arbeitszimmer der Stimme warten mußte, bevor der Elfenherrscher ihn hereinbat.

Selbst jetzt noch, nach Monaten in Qualinesti, sprach die stille Größe der Gemächer der Stimme Flints Seele unmittelbar an. Hügelzwerge fühlen sich der Natur ebenso verbunden wie Elfen. Durch die großen, durchsichtigen Wände – extravagante Glaswände – flutete Licht herein, so daß das baumbestandene Land außerhalb der Privatgemächer wie eine Erweiterung des Zimmers aussah. In den letzten Wochen hatten die Birnen und Pfirsiche schwer an den Zweigen gehangen, und die Äpfel waren rot geworden. Solostarans Zimmer waren nahezu schmucklos. Fensterbänke aus rosafarbenem Quarz hoben sich kräftig von den weißen, von grauen Adern durchzogenen Marmorwänden ab. Die Fackeln, die bei Tag wegen des einfallenden Lichts nicht benötigt wurden, ruhten kalt und schwarz in eisernen Wandhalterungen. An einer Seite des Zimmers stand ein Marmortisch; dahinter wartete in einem schweren Eichenstuhl die Stimme. Solostarans waldgrüner Umhang stellte den leuchtendsten Farbklecks in dem Raum dar, und seine natürliche Autorität zog die Aufmerksamkeit des Betrachters unwillkürlich auf sich.

»Meister Feuerschmied!« begrüßte ihn die Stimme, deren grüne Augen über den raubvogelartigen Gesichtszügen beim Aufstehen blitzten. »Tretet ein. Ihr seid wie immer eine willkommene Abwechslung von den Staatsgeschäften.« Er wies auf eine Silberschale, die mit kandierten Nüssen, getrockneten Aprikosen, Apfelschnitzen, Kirschen und anderem Obst gefüllt war, die ganz sicher von den Bäumen draußen stammten. »Bedient Euch, mein Freund.« Flint lehnte das Angebot ab, denn er mühte sich mit Pergamentbögen ab, die er nicht auf die schwarz-weißen Marmorfliesen auf dem Boden rutschen lassen wollte. Schließlich hatte er sie zusammengeschoben und legte sie der Stimme auf den Tisch, ohne die Knitterfalten des Papiers zu beachten. Wie üblich war Solostaran voller Bewunderung für die Holzkohlezeichnungen und suchte aus den vielen, die ihm gefielen, ein paar aus.

Die Stimme wirkte heute irgendwie abgelenkt, auch wenn er das Gespräch genauso freundlich führte wie immer. »Wie ich schon oft sagte, Meister Feuerschmied, Ihr seid ein begabter Künstler«, meinte er.

Die beiden besprachen ein paar Minuten lang die Entwürfe von neuen Fackelhaltern für die Zimmer der Stimme, und ob Solostaran sie in mattschwarz oder in metallisch glänzender Politur nehmen sollte. Die Stimme entschied sich für eine Kombination aus beidem. Plötzlich klopfte es an der Zimmertür. Es war Tanis. Als er zum Tisch kam, zeigte er wenig von der berühmten, elfischen Anmut.

»Du wolltest mich sehen, Stimme?« fragte der Halbelf Solostaran. Tanis machte den Eindruck eines Jugendlichen, der schon fast ein Mann ist. Er schien in doppelter Weise zwischen zwei Welten zu stehen – Elf und Mensch, Kind und Erwachsener. Bald wird er sich rasieren müsen, dachte der Zwerg. Noch mehr Beweis für Tanis' Menschenblut. Der Zwerg wurde traurig bei dem Gedanken an die Kommentare, die der Halbelf von einigen der bartlosen Elfen zu hören bekommen würde. Auch für den Zwerg hatte Tanis ein kurzes Kopfnicken übrig; Flint knabberte jetzt doch wortlos an einem getrockneten Apfelschnitz, obwohl er zuvor alle Naschereien abgelehnt hatte.

»Es wird Zeit, daß du öfter mit dem Langbogen übst, Tanis«, sagte Solostaran. »Ich habe einen Lehrer ausgewählt.« Tanis sah freudig überrascht zu Flint. »Meister Feuerschmied?« fragte der Halbelf zögernd.

Flint schluckte das Apfelstück hinunter und schüttelte den Kopf. »Ich doch nicht, Junge. Der Langbogen ist nicht meine Waffe, auch wenn ich dir gern die guten Seiten der Streitaxt vorführe.« Und damit würde der Halbelf mit seinen wachsenden Menschenmuskeln auch hervorragend umgehen können, sagte sich Flint.

»Die Streitaxt ist keine Elfenwaffe«, wies Solostaran Flint freundlich zurecht. »Nein, Tanis, Lord Tyresian ist einverstanden, dein Training zu übernehmen.«

»Aber Tyresian …« Die Stimme des Halbelfen wurde leiser, und seine Haltung strahlte wieder Unzufriedenheit aus.

»… ist einer der erfahrensten Bogenschützen bei Hof«, beendete die Stimme den Satz. »Er ist Porthios' bester Freund und der Erbe einer der besten Familien in Qualinost. Er könnte ein wertvoller Verbündeter für dich werden, Tanthalas, wenn du ihn als Schüler beeindruckst.«

Flint, den man bei dem Wortwechsel offenbar vergessen hatte, warf einen verstohlenen Blick auf Tanis und nahm eine kandierte Birne aus der Silberschale. Tanis und Tyresian würden niemals Verbündete sein, dachte der Zwerg, der sich an den Elfenlord von seinem ersten Tag bei Hof her erinnerte. Tyresian war Mitglied des Grüppchens der vier oder fünf adligen Elfen, die Porthios, den Erben der Stimme, umschwärmten wie Fliegen den Honig, und er hatte das Talent, bei seinesgleichen Eindruck zu schinden. Aber kaum ein gewöhnlicher Elf konnte Tyresians hohe Maßstäbe an die Herkunft erfüllen. Unter den Höflingen galt Tyresian mit seinen durchdringenden, blauen Augen und den exakt geschnittenen, kurzen Haaren – eine Seltenheit unter Elfen – als schön. Es war wenig überraschend, daß ein Hügelzwerg in Tyresians Augen wenig galt, egal wie geschickt er war, und Flint vermutete, ein Halbelf würde noch niedriger stehen. Der Zwerg fragte sich, wieviel von Porthios' schlecht verhohlener Herablassung gegenüber dem Mündel seines Vaters wohl von Tyresians Einfluß herrührte.

Tanis wagte einen letzten Einspruch. »Aber, Stimme, mein Unterricht bei Meister Miral nimmt fast den ganzen Tag ...«

Der verärgerte Solostaran schnitt ihm den Satz ab. »Das reicht, Tanthalas. Miral hat dir viel Wissenschaft, Mathematik und Geschichte beigebracht, aber er ist ein Zauberer. Er kann dich nicht das Kämpfen lehren. Tyresian erwartet dich heute nachmittag im Hof im Norden des Palastes. Wenn du vorher mit ihm sprechen willst, findest du ihn bei Porthios.«

Tanis machte den Mund auf, sagte dann aber doch nichts. Mit einem kurzen »Ja, Sir« marschierte er aufrecht über die Marmorfliesen zur Tür.

Solostaran starrte noch ein paar Sekunden auf die Tür, nachdem sich diese mit einem lauten Knall geschlossen hatte. Erst als Flint seine Zeichnungen einrollte, kehrte die Aufmerksamkeit der Stimme zu seiner Unterredung mit dem Zwerg zurück. »Kann ich Euch etwas anbieten?« fragte Solostaran erneut und deutete mit einer unbestimmten Geste auf die jetzt halbleere Silberschale. »Wein? Trockenobst?«

Flint lehnte ab und erklärte, er hätte schon vor seinem Besuch bei der Stimme gegessen. Solostaran grinste plötzlich – der Grund dafür war Flint nicht klar –, doch das Lächeln ließ rasch nach. Flint klemmte die eingerollten Papiere unter den kräftigen Arm und wollte gerade gehen, als die Stimme ihn zurückhielt.

»Habt Ihr Euch je gewünscht, Ihr könntet die Geschichte neu schreiben, Meister Feuerschmied?« Die Worte klangen wehmütig.

Flint blieb stehen und blickte mit seinen hellwachen, blaugrauen Augen in die grünen der Stimme. Er dachte: ›Er hat keine Freunde unter den Elfen.‹ Seit Solostaran in den tumultreichen Jahren, nachdem die Umwälzung das Antlitz von Krynn verändert hatte, den Mantel der Stimme umgelegt hatte, hatte es immer wieder Gerüchte über seine Absetzung gegeben. Er hielt seine Stellung durch seine persönliche Autorität, aufgrund der Tatsache, daß nur wenige Elfen ihre Abstammung über mehrere Jahrtausende bis zu Kith-Kanan zurückverfolgen konnten, und weil Elfen von Natur aus davor zurückschrecken, das Blut anderer Elfen zu vergießen. Dennoch mußte Solostaran über das gelegentliche unzufriedene Rumoren unter den Höflingen Bescheid wissen, dachte Flint. Manche fanden, Qualinesti sollte mehr Handel mit dem restlichen Ansalon treiben. Andere waren der Meinung, alle außer den reinblütigen Elfen müßten über die Grenze nach Abanasinia verbannt werden.

Der Hügelzwerg suchte eine Antwort auf die Frage der Stimme. Er holte tief Luft, wobei er einen Schwall Obstduft einatmete, und sagte: »Gewiß würde ich die Geschichte ändern, wenn ich das könnte. Die Familie meines Großvaters hat aufgrund der Umwälzung viele Angehörige verloren.«

Vor dreihundert Jahren war es zur Umwälzung gekommen, weil die alten Götter gegen den Stolz des einflußreichsten religiösen Führers jener Zeit einschritten, des Königspriesters von Istar. Während die Umwälzung Krynn zerstörte, zogen sich die Bergzwerge in das unterirdische Königreich Thorbardin zurück und versiegelten die Tore. Infolgedessen hatten ihre Verwandten, die Hügelzwerge, draußen festgesessen und den schlimmsten Teil der göttlichen Strafe abbekommen.

Die Stimme zog die Augenbrauen hoch, und angesichts des Mitleids im Gesicht von Solostaran war Flint so verwirrt, daß er nicht weiterreden konnte. »Sie starben, weil die Bergzwerge die Tore versperrten ...?« fragte die Stimme, und Flint nickte nur, weil er nicht mehr sagen wollte.

Solostaran stand auf und ging langsam zu der durchsichtigen Wand. Der goldene Reif auf seiner Stirn glitzerte. Bis auf den Atem der beiden war es still im Zimmer. »Ich würde fast alles darum geben«, sagte Solostaran, »Tanis wirklich als Neffen zu haben. Meinen Bruder Kethrenan und seine Frau Elansa wiederzuhaben. Meinen Bruder Arelas noch einmal zu sehen.«

Miral, der Zauberer der Stimme, hatte Flint die Geschichte von Kethrenan Kanan und Elansa und der Geburt von Tanis erzählt. Aber die Existenz eines weiteren Bruders hatte er nicht erwähnt. Die Stimme wollte anscheinend reden, und Flint hätte außer sich selbst niemanden nennen können, dem er die Geheimnisse der Stimme anvertraut hätte. Der Zwerg nahm sich eine Handvoll gezuckerter Mandeln, steckte eine in den Mund und fragte nach: »Arelas ...?«

Die Stimme drehte sich um. »Mein jüngster Bruder.« Als Flint seine dichten Augenbrauen hochzog, fuhr Solostaran fort: »Ich habe ihn kaum gekannt. Er hat Qualinost als kleiner Junge verlassen. Und er starb, bevor er zurückkehren konnte.«

»Warum ist er fortgegangen?« fragte Flint.

»Er war … krank. Wir konnten ihn hier nicht heilen.«

Die sich anschließende Stille zog sich minutenlang hin, bis Flint eine Antwort wagte. »Es ist traurig, wenn ein Kind stirbt«, sagte er.

Solostaran blickte abrupt auf, wobei sich ein überraschter Ausdruck auf sein Gesicht malte. »Arelas starb als Mann. Er war auf der Rückreise nach Qualinost, aber er ist nie hier angekommen.« Die Stimme kam zu Flint zurück, wobei der Elf sichtlich versuchte, seine Gefühle zu bezwingen. »Wenn er noch eine Woche länger gelebt hätte, wäre er hier in Sicherheit gewesen. Aber damals waren die Straßen noch gefährlicher als heute.« Die Stimme nahm umständlich Platz.

Flint war unsicher. Er wußte nichts zu sagen. Nach einer kurzen Weile bat die Stimme den Zwerg zu gehen.

Flint dachte fast gar nicht mehr an seine Entwürfe, als er nachdenklich zu der kleinen Werkstatt mit Laden zurücklief, die ihm die Stimme gegeben hatte. Es war ein leeres Haus im Südosten des Turms, wo er in den letzten Monaten viele Dinge angefertigt hatte: Jadeanhänger an fließenden Silberketten, haarfein geflochtene Ringe aus Gold, Armreifen aus gehämmertem Kupfer und Smaragd.

Die Werkstatt befand sich am Ende einer kleinen Gasse in einem Birnengarten. Um den hölzernen Türrahmen wanden sich Kletterrosen. Weil Flint sich an die Vorliebe seiner Mutter für Winden erinnerte, hatte er diese Blumen neben die Rosen gesetzt, so daß die rosa, blauen und weißen Blüten sich jetzt mit den weißen, gelben und rosa Rosen mischten.

Man hatte Flint das Haus beliebig lange zur Verfügung gestellt, doch wie lange das sein würde, wußte der Zwerg selbst nicht. Bestimmt würde er bis zum Ende des Frühjahrs bleiben, hatte er sich zuerst gesagt; wozu war er schließlich so weit gereist? Nur um gleich wieder nach Hause zu rennen? Doch sein warmes Haus im fernen Solace – und ein schäumender Krug Bier – kamen ihm oft in den Sinn. Elfenbier hatte sich als armseliger Abklatsch von echtem Bier erwiesen, zumindest für den Zwerg, auch wenn es Meilen besser war als Elfenblütenwein.

Da er mit seinen fast täglichen Terminen bei der Stimme und mit mehr Aufträgen ausgelastet war, als sein Hammer bearbeiten konnte, war es wenig überraschend, daß der letzte Frühlingstag fast unbemerkt vorbeiging und die warmen, goldenen Sommertage sich vor dem Zwerg ausdehnten.

Oft sah man das Fenster seines Ladens bis spät in die Nacht so rot wie Lunitari leuchten, und es kam nicht selten vor, daß der erste Elf in Qualinost am nächsten Tag zum Klang eines Hammers erwachte, der auf einen Amboß schlug. Viele bestaunten den Fleiß des Zwerges, und ebenso viele hofften, daß die Stimme sie mit einer von Meister Feuerschmieds Schöpfungen beglücken würde.

An diesem Nachmittag stapfte er in seine heiße Schmiede zurück, ergriff den Eisenhammer und stellte wieder einmal mit Hilfe der sengenden Flammen und der Schläge seines Hammers aus einem leblosen Metallklumpen etwas Schönes her. Er verbrachte mehrere Stunden mit dieser Aufgabe, und jegliches Zeitgefühl ging ihm dabei verloren.

Schließlich seufzte Flint, wischte sich mit einem Taschentuch den Ruß von Händen und Stirn und schöpfte sich eine Kelle Wasser aus dem Eichenfaß am Tor zur Straße. Als er auf die Straße trat, ging ein Lächeln über sein Gesicht, das die Falten glättete, die seine Stirn zerfurchten. Der Weg zum Tor führte durch ein paar Espen. Ihre blassen, schlanken Stämme wiegten sich leise im Wind, als wenn sie sich etwas vor dem Zwerg verneigen wollten, und ihre raschelnden Blätter blinkten mal grün, dann silbern, dann wieder grün. Seine Hand fuhr langsam zur Brust, als ob das einem Herzen helfen könnte, das vor lauter Schönheit schmerzte. Und ein Teil von ihm litt immer noch mit der Trauer der Stimme.

Doch dann bemerkte Flint ein paar goldene Flecken hoch oben in den Bäumen und fühlte ganz tief innen dieselbe Rastlosigkeit, die ihn schon sein Leben lang quälte. Morgens war es inzwischen wieder frischer als in der sanften Kühle der Sommernächte. Und nun auch die Bäume.

Alles kündete vom Herbst und ließ seine Gedanken nach Solace wandern, zu den Häusern, die hoch oben in den Vallenholzbäumen hingen. Die Blätter der riesigen Bäume würden an den geriffelten Rändern gerade in den verschiedensten Farben anlaufen, überlegte er und seufzte wieder. Herbst war die rechte Zeit zum Reisen. Er sollte nach Hause gehen, wo er hingehörte.

Überrascht bemerkte Flint, daß er sich fragte, ob es wirklich Solace war, wo er hingehörte. Er hatte sich dort vor Jahren angesiedelt, hauptsächlich weil er das Herumwandern satt hatte, damals, nachdem er sein verarmtes Dorf verlassen hatte, um in der Welt sein Glück zu suchen. Und war das Leben unter Elfen für einen einfachen Zwerg aus Hügelheim denn wirklich anders als unter Menschen? In beiden Fällen war er ein Fremder, er konnte keinen großen Unterschied erkennen. Außerdem, dachte er, während er in tiefen Zügen die kalte Lauft einatmete, herrschte hier ein Friede, den er noch nirgendwo sonst gefunden hatte.

Flint zuckte mit den Schultern und ging zurück in seinen Laden. Er wischte sich wieder über die Stirn. Bald tönte wieder sein Hämmern durch die Luft.

Mehrere Stunden später sah Flint von seiner Arbeit auf und merkte, daß die Uhr – die er aus Eiche gemacht und mit Gewichten aus zwei Granitstücken versehen hatte – die Zeit zum Abendessen anzeigte. Seine Gedanken jedoch drehten sich nicht um Essen oder um die silberne Rose, die er im Auftrag von Lady Selana anfertigte. Lady Selana gehörte zu dem Kreis um Porthios und hatte ihre Abneigung gegenüber Zwergen vor kurzem überwunden, nachdem sie gemerkt hatte, daß »ein echter Flint« unter Höflingen der letzte Schrei war.

»Es ist Zeit!« rief er aus, legte den Hammer hin und schob die Kohlen zusammen. Alle paar Wochen folgte er demselben Ritual. Er tauchte Gesicht und Arme in ein Wasserbecken, um den Schweiß und Schmutz der Schmiede abzuwaschen. Dann schnappte er sich einen Sack, öffnete einen Wandschrank, der in die Steinwände eingelassen war, und fing an, seine Tasche mit interessanten Dingen zu füllen. Alle waren aus Holz, und Flint strich liebevoll hier eine Kante glatt oder polierte dort noch eine Rundung. Plötzlich sah er aus dem Augenwinkel einen Schatten vor dem Fenster. Er richtete sich auf und wartete. Ein neuer Auftrag? Er wußte, daß die Elfenkinder ihn schon seit Tagen belauerten. Sie hielten nach dem Zwerg Ausschau, der etwa alle zwei Wochen auf der Straße auftauchte und jedem Kind in Sicht ein handgearbeitetes Spielzeug schenkte. Er hoffte, daß ihn jetzt keiner aufhalten würde.

Flint glaubte, draußen Füße scharren zu hören, und stapfte zum Eingang. Aber dort sah und hörte er niemanden.

»Feuerschmied, du wirst alt. Jetzt hast du schon Halluzinationen«, grummelte er, während er zu seinem Sack zurückging.

Als er die einzelnen Holzspielsachen berührte, wurde ihm warm ums Herz. Metall war gut zu formen; es gab einem ein Gefühl von Macht, wenn das kalte Material sich dem Hammer beugte und durch die Willenskraft des Schmieds Gestalt annahm. Aber Holz war anders, fand er, als er eine Holzpfeife streichelte. Holz konnte man nicht in eine Gestalt zwingen, sagte sich der Zwerg; man mußte die Form finden, die darin verborgen lag. Flint kannte keinen größeren Frieden, als mit dem Schnitzmesser in der einen Hand und einem Stück Holz in der anderen dazusitzen und sich zu fragen, was für ein Schatz hier verborgen liegen mochte.

»Das ist wie mit den Leuten, wie meine Mutter immer sagte«, erklärte er dem Laden, der ihm inzwischen so vertraut war wie ein guter Freund. »Manche Leute sind wie dieses Metall, hat sie gesagt«, und er zeigte dem leeren Raum eine metallene Blumenbrosche. »Man kann sie zurechtbiegen. Sie passen sich an. Andere sind wie dieses Holz«, und er hielt ein kleines Eichhörnchen aus Weichholz hoch. »Wenn man sie zwingt, zerbrechen sie. Man muß langsam und vorsichtig vorgehen, wenn man wissen will, was in ihnen ist.«

»Der Knackpunkt, wie meine Mutter immer sagte«, erläuterte er ernsthaft einer Steinbank an der Tür, »ist zu wissen, wer was ist.«

Flint machte eine Pause, als würde er auf etwas warten. Ihm kam der Gedanke, daß jemand, der mit seinen Möbeln sprach, wahrscheinlich zu wenig Freunde hatte. Mit Ausnahme von der Stimme, Miral und den Stadtkindern behandelten ihn die meisten Elfen mit reservierter Höflichkeit. Aber es gab keinen, dem man auf die Schulter schlagen und auf ein Bier einladen konnte, keinen, dem man Geschichten erzählen konnte, keinen, den er wirklich auf offener Straße als Rückendeckung hätte haben mögen.

»Vielleicht wird es *wirklich* Zeit, nach Solace heimzukehren«, sagte er leise, während sich ein Hauch von Traurigkeit über sein Gesicht legte.

Genau in diesem Moment hörte er rechts vor der Tür einen Bums, dem ein schnell ersticktes »Oh!« folgte. Er blieb nur einen Herzschlag lang stehen; dann schlich er sich auf Zehenspitzen zum Tor. Plötzlich sprang er aus dem Eingang, brüllte »Bei Reorx' Donnerschlag! Zum Angriff!«, wobei er das geschnitzte Eichhörnchen wie eine Streitaxt schwenkte. Mit dem Schrei »Tanis, Hilfe!« verschwand eine gertenschlanke Gestalt mit aschblonden Locken zwischen den Birnbäumen und Espen. Ihr türkisblauer Spielanzug spiegelte den dunkler werdenden Himmel der Dämmerung wider.

»Lauralanthalasa!« rief Flint lachend. »Laurana!« Aber die Tochter der Stimme war verschwunden.

Das Elfenmädchen hatte nach Tanis gerufen, aber Flint sah keine Spur von dem Halbelfen. Aus Lauranas Ruf zu schließen, war Tanis' Bogenstunde bei Tyresian schon vorbei.

Lächelnd kehrte Flint in sein Geschäft zurück. Als er wieder herauskam, grinste er immer noch. Er warf die Tasche über die Schulter und trat auf die Straße. Mitten in Qualinost, am Fuß des Hügels mit dem Espenhain, der den Himmelssaal umgab, war ein offener, quadratischer Platz. Es war ein sonniges Fleckchen, das auf der einen Seite von einer Baumreihe begrenzt wurde, die anscheinend speziell zum Klettern angepflanzt worden war, auf der anderen Seite von einem kleinen Bach, der in eine Reihe grüner Teiche plätscherte. Dazwischen war reichlich Platz zum Rennen und Toben und für alle möglichen Spiele. Es war der perfekte Platz für Kinder.

Die Sonne berührte bereits den Horizont, als Flints Schritte ihn zu dem Platz führten. Dutzende von Elfenkindern in Baumwollanzügen, die an Hals, Handgelenken und Knöcheln zugebunden waren, hielten mit ihren Spielen inne, als der untersetzte Zwerg über den Steg und auf die Lichtung tapste. Die Kinder starrten ihn an. Keines wagte, die Stille zu brechen. Flint blickte finster drein. Seine buschigen Augenbrauen waren fast bis über seine stahlblauen Augen heruntergezogen, und dann schniefte er, als wären die Kinder jemand, um den man sich kaum zu kümmern bräuchte. Er lief über den Platz und drehte all den fragenden Augen den Rücken zu.

Schließlich rannte ein Elfenmädchen in Türkis vor, um den Zwerg am Ärmel zu zupfen. Flint fuhr herum. Seine Augen blitzten auf, wie wenn Feuerstein auf Stahl trifft. Aha! dachte Flint, der seinen finsteren Ausdruck beibehielt. Also wirklich Laurana. »Du!« rief er aus. Die anderen Kinder wurden blaß, aber Laurana war mutiger. Er fuhr fort: »Hast du mir hinterherspioniert?«

Laurana legte den Kopf schief, so daß eine Ohrspitze aus ihren wilden Locken herausragte: »Ja, natürlich«, sagte sie.

»Was willst du?« fauchte er. »Ich hab nicht den ganzen Tag Zeit. Manche Leute müssen arbeiten, weißt du, anstatt immer nur zu spielen. Ich muß einen sehr wichtigen Auftrag zum Turm bringen, und es ist schon fast Sonnenuntergang.«

Das Elfenmädchen kaute auf seiner rosa Unterlippe. »Der Turm liegt aber in der anderen Richtung«, sagte sie schließlich, wobei ihre grünen Augen funkelten.

Enorme Selbstbeherrschung, fand Flint, für ein kleines Mädchen. Muß das königliche Blut sein. Oder vielleicht war es auch die Gestalt von Tanis, der im Hintergrund herumstand, die Laurana Mut verlieh.

»Und?« wollte er noch einmal wissen. »Was willst du von mir?«

»Mehr Spielzeug!«

Flint guckte erstaunt. »Spielzeug? Wer hat denn Spielzeug?«

Sie fing an zu kichern und zog an seinem Ärmel. »Im Sack. Du hast Spielzeug im Sack, Meister Feuerschmied. Gib's zu. Es stimmt wirklich.«

Er grummelte: »Unmöglich.« Aber die Rufe der anderen Kinder – »Ja«, »Spielzeug«, »Letztes Mal habe ich einen geschnitzten Minotaurus bekommen«, »Ich will ein Holzschwert« – übertönten seine Antwort. Wie ein bunter Schwarm umschwirrten sie ihn. »Na gut, na gut«, brummte er laut. »Ich schau mal nach, aber der Sack ist bestimmt voll Kohlen. Das hättet ihr auch verdient.« Er spähte hinein, wobei er den Inhalt vor den näher rückenden Kindern verbarg.

Etwa zwanzig Fuß weiter seufzte Tanis laut und suchte sich einen anderen Birnbaum zum Anlehnen. Sein Gesicht trug den gelangweilten Ausdruck des Heranwachsenden zur Schau – auch wenn er dablieb.

»Krumme Nägel«, sagte Flint, der in dem Sack herumwühlte. »Das hab ich hier drin. Und verrostete Striegel und alte Hufeisen und einen vier Wochen alten Laib *Quith-Pa*. Mehr nicht.«

Die Kinder warteten, daß Laurana weiterbohrte. »Das sagst du immer«, stellte sie fest.

»Na schön«, seufzte er. »Hier ist ein Vorschlag. Steck deinen Arm in den Sack und zieh dir was raus.«

Sie nickte. »Gut.« Dann legte sie eine Hand an die Öffnung. »Aber nimm dich vor dem kleinen Seedrachen in acht«, warnte der Zwerg. »Er beißt.«

Sie riß ihre schlanke Hand zurück und funkelte Flint wütend an. »Soll ich mal?« bot der schließlich an.

Laurana nickte wieder.

Er zog etwas tief aus der Ecke seines Beutels, wobei ein triumphierendes Grinsen auf seinem Gesicht stand. Sie hielt die Luft an und klatschte in die Hände. Auf einmal war sie nicht mehr Prinzessin und Tochter der Stimme, sondern ein gewöhnliches Elfenmädchen. Immer noch stirnrunzelnd legte er ihr den Gegenstand in die Hand.

Es war eine Flöte, nicht länger als die Handfläche des Mädchens, aber in jeder Hinsicht perfekt. Sie war aus einem Stück Vallenholz geschnitzt, das Flint den ganzen Weg von Solace mitgebracht hatte. Er wußte, ihr Ton würde süßer sein als von jedem anderen Holz, und als Laurana die Flöte an die Lippen setzte, zeigte sich, daß er recht hatte. Die Töne, die herausperlten, waren so klar wie das Wasser im Bach.

»Oh, danke!« rief Laurana aus und rannte hinüber zu Tanis, der sich hinunterbeugte, um ihren Schatz zu begutachten. Lauranans Bruder, der Elfenjunge Gilthanas, und die anderen Elfenkinder drängten sich um Flint und bettelten ihn an, doch bitte nachzusehen, ob auch für sie etwas in dem Sack wäre.

»Jetzt hört aber auf zu schubsen«, knurrte Flint, »sonst verschwinde ich nämlich lieber gleich wieder, klar?« Und trotz seiner Griesgrämigkeit besaß bald jedes Kind auf dem Platz ein herrliches, neues Spielzeug. Es gab kleine Musikinstrumente wie Lauranas Flöte, kleine Marionetten, die auf der Handfläche tanzen konnten, Spielzeugwagen, die von bemalten

Pferdchen gezogen wurden, und Holzscheiben, die man mit einem Finger an einer Schnur auf und ab rollen konnte.

Alle Spielzeuge waren aus Holz, jedes einzelne liebevoll am Feuer geschnitzt. Wochenlang arbeitete Flint in seiner freien Zeit daran und füllte den Wandschrank. Und wenn es dann genug waren, fand er eine Ausrede, um über den Platz zu spazieren. Natürlich würde er niemals zugeben, daß es kein Zufall war, der ihn dort entlangführte, wenn er gerade zufällig den Sack voll Spielzeug dabeihatte. Bei so einer Unterstellung würde er nur grimmig brummen.

Als er den leeren Sack zusammenfaltete, überblickte er die versammelten Kinder. Der Zwerg sah auch Tanis, der jetzt abseits von den anderen an einem Teich hockte. Er saß im Schneidersitz da und starrte schweigend ins Wasser. Mitten in dieser ganzen elfischen Lieblichkeit hatte Tanis mit seinen menschlichen Zügen etwas an sich, das Flint sehr vertraut vorkam. Die Elfen waren ein gutes Volk, aber hin und wieder merkte er, wie seine Gedanken zu den Zeiten wanderten, die er mit nicht ganz so *distanzierten* Leuten verbracht hatte. Jedenfalls war er schon vier oder fünf Mal so zum Platz gekommen, und immer hatte Tanis sich von den anderen Kindern ferngehalten, wenn der Zwerg das Holzspielzeug verschenkt hatte. Tanis war allmählich zu alt für Kinderkram, aber dennoch ... Er war auch noch nicht erwachsen. Immerhin hatte Tanis ein gewisses Interesse gezeigt. Fast jedesmal hatte der Junge den Zwerg mit seinen nicht ganz elfischen Augen beobachtet, als wollte er ihn genau studieren. Flint hatte den Jungen herbeigewinkt, aber er kam nie. Er schaute ihm einfach weiter nachdenklich zu, und wenn der Zwerg sich wieder nach ihm umsah, war er fort.

Aber diesmal würde es anders sein. Flint steckte die Hand in die Tasche, um sich zu vergewissern, daß das eine, letzte Spielzeug, das er zurückbehalten hatte, noch da war – ein hölzerner Erbsenschießer.

Die übrigen Kinder waren auseinandergelaufen. Sie rannten zum Essen nach Hause, zu Wildbraten mit Früchtesauce, gebratenem Fisch oder *Quith-Pa* mit Geflügelbraten. Nur Tanis war noch da. Das Mündel der Stimme saß am Teich. Er hatte die Arme um die Knie geschlungen und das Kinn darauf gelegt und sah Flint mit seinen haselnußbraunen Augen entgegen. Der Halbelf trug ein lockeres, weißes Hemd und braune Wildlederhosen, eine Kleidung, die an die der Que-Shu erinnerte, der Menschen aus den Ebenen. Ganz anders als die fließenden Tuniken und Roben, die die anderen Elfen liebten. Beim Aufstehen bewegte er seinen kräftigen Körper ohne jene gewisse Anmut der anderen Elfen. Tanis strich eine rotbraune Haarsträhne zurück.

»Tanthalas«, sagte Flint mit einem Nicken.

Der Halbelf erwiderte Flints Nicken. »Meister Feuerschmied.«

Sie standen beide da und warteten offenbar darauf, daß der andere anfing.

Schließlich zeigte Flint auf den Teich. »Guckst du den Fischen zu?« fragte er. Genialer Einstieg, dachte er.

Tanis nickte.

»Warum?«

Der Halbelf sah erst überrascht aus, dann nachdenklich. Als er schließlich antwortete, konnte man ihn kaum verstehen. »Sie erinnern mich an jemanden.« Der Halbelf wich seinem Blick aus. Flint nickte. »An wen?«

Tanis blickte mürrisch auf. »Alle hier.«

»Die Elfen?«

Der Halbelf nickte erneut.

»Warum?« fragte Flint wieder nach.

Tanis trat gegen ein Moospolster. »Sie sind mit dem zufrieden, was sie haben. Sie ändern sich nie. Sie gehen hier nur weg, wenn sie sterben.«

»Und du bist anders?« fragte Flint.

Tanis preßte seine Lippen zu einem Strich zusammen. »Eines Tages gehe ich hier weg.«

Flint wartete, ob der Halbelf noch etwas anderes sagen würde, aber Tanis schien die Unterhaltung als beendet zu betrachten. Na schön, dachte Flint, ich versuch's noch mal. Wenigstens verschwand er nicht im Schatten wie sonst. »Wie war die Bogenstunde heute?« fragte der Zwerg.

»Gut.« Die Stimme des Jungen zeigte keine Regung, und seine Augen richteten sich wieder auf den Teich. In der Ferne war fröhliches Kinderlärmen zu hören. »Es waren alle da – Tyresian und Porthios und seine Freunde«, fügte er hinzu.

Das klang wirklich begeistert, wenn man bedachte, wie Porthios' Freunde dem Halbelf gegenüber eingestellt waren. Flint fragte sich, wie er das Ziehkind der Stimme aufheitern könnte. »Es ist Zeit zum Essen«, sagte er und dachte dabei: Brillante Gesprächsführung, Meister Feuerschmied. Was hatte der Kerl bloß an sich, das ihm einfach die Sprache verschlug?

Tanis lächelte dünn und stimmte zu. Ja, es war wirklich Essenszeit. Der Halbelf ging drei Schritte weiter, um sich wieder an seinen Birnbaum zu lehnen.

Flint versuchte es noch einmal. »Hast du Lust, mit mir ...« – Was bot man Elfenkindern an? Mit seinen dreißig Jahren wäre Tanis unter Menschen ein junger Mann, aber ein dreißig Jahre alter Elf würde erst Jahre später als erwachsen gelten – »... zu essen?«

»Gibt es etwa auch Elfenblütenwein?« fragte der Halbelf.

Flint fragte sich, ob das Mündel der Stimme ihn verspottete. Der Zwerg hatte gelernt, das duftende Getränk zu trinken, ohne zu würgen – bei Staatsakten zum Beispiel, wenn das Trinken von Elfenwein zum Protokoll gehörte. »Oh, beim Barte Reorx'«, murmelte Flint erschauernd.

Tanis betrachtete Flint, wobei immer noch die Andeutung eines Lächelns um seine Lippen spielte. »Ihr mögt den Wein nicht«, sagte der Halbelf endlich.

»Stimmt nicht. Ich *hasse* ihn.«

»Warum trinkt Ihr ihn dann?« fragte Tanis.

Flint sah den Halbelf eindringlich an. Er schien es wirklich wissen zu wollen. »Als Fremder versuche ich, mich hier anzupassen.«

Irgendwo weiter entfernt begleitete ein lautes Kinderlachen den schrillen Ton einer Holzpfeife. Wenigstens in einem Haus würden die Eltern heute abend nicht gut auf Flint zu sprechen sein. Tanis lachte höhnisch. »Versucht Ihr etwa, ›einer von den Elfen‹ zu sein?« fragte er fast verächtlich.

Flint überlegte. »Tja ...«, meinte er, »wenn du in Qualinost bist, dann halt es mit den Qualinesti. Das hat meine Mutter immer gesagt, oder wenigstens so ähnlich.« Ihm stieg Wildbretduft in die Nase, doch er blieb noch stehen. Ach, wie er sich nach seinem Abendessen sehnte. Ach, wie er wünschte, er hätte diese Unterhaltung nie angefangen. Der Halbelf grinste immer noch höhnisch, doch auf einmal hatte der Zwerg den Eindruck, daß dieses Grinsen vielleicht nicht auf ihn, sondern auf Porthios und Tyresian und die anderen gemünzt war. »Laßt es, Meister Feuerschmied«, sagte Tanis.

»Was?« fragte Fint.

Tanis pflückte eine halbreife Birne vom Baum, ließ sie ins Moos fallen und zerquetschte sie mit dem Absatz seines gefetteten Ledermokassins. »Laßt es. Sie werden Euch nie akzeptieren. Sie akzeptieren niemanden, der nicht genauso ist wie sie.« Er trat die Frucht zur Seite und stapfte ohne ein weiteres Wort davon. Bald verlor sich seine Gestalt zwischen den Bäumen.

Flint ging langsam zu seinem Laden zurück, machte die Tür zu und warf den leeren Sack in den Schrank. Irgendwie war ihm der Appetit vergangen.

Kapitel 4

Eine Lektion

A. *C. 288, Frühherbst*

Tanis schlurfte über die blau-weißen Pflastersteine in der Straße vor Flints Geschäft. Er verfluchte sich für seine Dämlichkeit. Warum war er so kurz angebunden gewesen? Flint Feuerschmied hatte gewiß die besten Absichten gehabt; warum hatte der Halbelf nicht angemessen reagiert?

Tanis hatte nicht auf den Weg geachtet und stellte irgendwann fest, daß er durch den Himmelssaal in der Mitte von Qualinost lief. In den Pflastersteinen des offenen Platzes sah man auch jetzt in der Dämmerung noch das Mosaik, das den Teil von Ansalon zeigte, der die Elfenstadt umgab. Die Karte stellte alle Länder von Solace und dem Krystallmirsee im Nordwesten, über Que-Shu im Nordosten und Pax Tarkas im Süden dar. Der Halbelf jedoch starrte nur auf einen Punkt auf der Karte: Solace, die Wahrheit des Zwergs. Was für ein Ort mochte das sein?

»Stell dir bloß vor, in einem Baumhaus zu leben«, sagte er. Sein Flüstern verklang in der Stille, die über dem verlassenen Platz lag. Er dachte an die Steinhäuser der Elfen, die nie ganz ihre Kälte verloren. Würde ein Holzhaus in einem Baum richtig warm sein?

Er trat gegen einen losen Stein, der den Ort Torweg zwischen Qualinost und Solace markierte. Verlegen und in der Hoffnung, daß niemand mitbekommen hatte, wie er die geheiligte Karte behandelte, sprang er dem Steinchen hinterher und kniete sich hin, um es wieder einzusetzen. Dann hockte er sich hin und sah über den offenen Platz.

Die kühle Luft der Dämmerung trug köstliche Essensdüfte und Gesprächsfetzen heran. Tanis stand langsam auf und sah sich im Himmelssaal um. Um ihn herum stachen die lila Quarzspitzen der Elfenhäuser mit erleuchteten Rechtecken in den abgerundeten Seiten wie die Schnäbel junger Vögelchen aus den runden Baumkronen hervor. Von den Brückenbögen umgeben und mit dem hohen Sonnenturm in der Mitte, dessen Gold immer noch die abendlichen Sonnenstrahlen zurückwarf, war die Stadt wirklich ein beeindruckender Anblick. Wie verständlich, daß die Qualinesti-Elfen sie für die schönste Stadt der Welt hielten. Aber daß die Elfen es aushalten konnten, am selben Platz geboren zu werden und zu sterben?

Tanis fragte sich, ob seine Unzufriedenheit von seinem Vater stammte. Von seiner menschlichen Seite.

Er erhob seinen Blick zum Abendhimmel. Es wurde zusehends dunkler, und direkt über ihm tauchten die ersten Sterne auf. Er dachte über die Legende nach, daß der Himmelssaal einst ein richtiges Gebäude gewesen sein sollte, in dem ein seltener, kostbarer Gegenstand gehütet wurde. Angeblich hatte Kith-Kanan Haus und Gegenstand auf magische Weise in den Himmel gehoben, um beides zu verstecken, und nur die Karte zurückgelassen, die den Fußboden des Hauses gebildet hatte. Als er klein war, hatten ihm die anderen Elfenkinder erzählt, daß der genaue Mittelpunkt der Karte ein »Glückspunkt« sei. Wenn man dort steht und sich etwas ganz fest wünscht, dann bekommt man es auch, hatten sie behauptet.

»Ich möchte gern an jenen Ort und das Versteck am Himmel sehen«, flüsterte er jetzt inbrünstig. »Ich möchte ganz Ansalon sehen. Ich möchte reisen, wie Flint ... und Abenteuer erleben ... und Freunde finden ...«

Peinlich berührt sah er sich um und hoffte, daß ihn niemand beobachtet hatte. Insgeheim wartete Tanis auf ein magisches Wesen, das plötzlich erschien und ihm seinen Wunsch erfüllte – obwohl er kaum ernsthaft daran glaubte. Selbstverständlich nicht, sagte er sich. Das war ein Kindertraum, nicht der eines jungen Mannes. Dennoch wartete er noch ein paar Minuten, bis der Wind zwischen den Birnbäumen ihm eine Gänsehaut auf den Armen verursachte und ihn nach Hause trieb.

Wo auch immer das sein mochte, dachte er.

»Geschichte«, erklärte Meister Miral Tanis am nächsten Morgen, »ist wie ein breiter Strom.«

Der Halbelf sah auf. Er wußte, es hatte keinen Sinn, den Lehrer zu fragen, was er meinte. Miral würde seine Feststellung entweder erklären oder Tanis auffordern, es selbst herauszufinden. Auf jeden Fall würden Fragen dem Halbelf nur eine abwiegelnde Handbewegung einbringen.

Heute jedoch war der Zauberer in seinen dämmrigen Räumen im Palast der Stimme zum Reden aufgelegt.

»Ein breiter Strom«, wiederholte er. »Es fängt mit kleinen, klaren Bächen an, einzelnen Stimmen, die rasch am Ufer entlangspringen, bis sie ihr Wasser mit anderen vereinigen können und immer größer werden, je mehr sie sich mit anderen vermischen, bis die zarten Stimmen von tausend kleinen Bächen sich zum brüllenden Lied eines großen Flusses vereint haben.« Er holte weit mit den Händen aus, weil er ganz in seiner Metapher versunken war.

»Und?« hakte Tanis nach. Der Halbelf mußte in dem schattigen Raum weit die Augen aufsperren, denn der Zauberer hielt stets alle Fenster zu seinen Zimmern geschlossen. Helles Licht, hatte Miral erklärt, beeinträchtige die Wirkkraft der Kräuter und Gewürze, die die Grundstoffe für die wenige Magie darstellten, die er ausübte. Außerdem tat starkes Licht den fast farblosen Augen des Zauberers weh, die Miral hinter der Kapuze seiner tiefroten Robe verbarg. Tanis hatte sich oft gewundert, warum Solostaran einen Zauberer eingestellt hatte, um seine Kinder zu unterrichten. Ursprünglich hatte Miral Laurana, Gilthanas und Tanis als Schüler gehabt – Porthios war schon zu alt für einen Tutor gewesen, als Miral an den Hof kam. Inzwischen wurde Laurana von einer Elfendame unterrichtet, und Gilthanas und Miral waren von Anfang an nicht miteinander ausgekommen. Der jüngste Sohn der Stimme bekam jetzt nur noch eine Ausbildung im Kampf – von Ulthen, einem Freund von Porthios, der aus guter Familie stammte, jedoch immer in Geldnot war.

Tanis hatte an dem exzentrischen Zauberer Gefallen gefunden und war bei Miral geblieben, weil der einer der wenigen Leute am Hof war, die dem Halbelfen nicht mit eisiger Höflichkeit begegneten. Vielleicht hatte Mirals Verhalten ihm gegenüber damit zu tun, daß der Zauberer Jahre außerhalb von Qualinesti verbracht hatte, überlegte sich Tanis. Miral war zwar ein Elf, war aber nicht unter Elfen aufgewachsen. Ein Grund mehr, Qualinost eines Tages zu verlassen, dachte der Halbelf.

Jetzt zeigte Miral mit seinem knochigen Finger auf Tanis, wobei seine Kapuze etwas zurückrutschte. Seine Wimpern und

Brauen waren blond, ebenso wie das schulterlange Haar, das aus der Kapuze drang. Miral mit seinen Bücherregalen, seinen Zaubertränken und der Angewohnheit, sich fit zu halten, indem er spät in der Nacht in den Gängen des Turms auf und ab lief – eine Angewohnheit, die bei den jungen Elfen für viel Gekicher und Geflüster sorgte –, hatte das farblose Aussehen von einem, der zuviel Zeit im Dunkeln verbringt.

»Der breite Strom«, fuhr Miral fort, und Tanis konzentrierte sich wieder auf den Gedankengang seines Lehrers, »fließt seinerseits ins endlose, tiefe Meer. Geschichte ist wie das Meer.«

Der Zauberer lächelte angesichts von Tanis' Verwirrung, und mit diesem Ausdruck ähnelte Mirals hartes Gesicht dem eines Falken. »Und auch wenn es am einfachsten sein mag, die großen Ozeane und Flüsse zu untersuchen – die Kriege und die großen Ereignisse vergangener Zeiten –, versteht man die Vergangenheit mitunter am besten, wenn man statt dessen den Tönen von wenigen dieser Rinnsale lauscht, den Geschichten der einzelnen Leben, die eins ums andere und Tropfen für Tropfen die Welt zu dem machten, was sie war.«

Eingelullt in die Rhetorik des Zauberer, atmete Tanis das Durcheinander würziger Düfte ein, die aus den verkorkten Behältern in den Regalen entwichen. Er wußte, daß Miral irgendwann zum Kern der Sache kommen würde. Während andere junge Adlige diese Stunden vielleicht gefürchtet hätten, freute sich Tanis stets auf die Zeit mit Miral. Es gab noch andere Fächer neben Geschichte: Schreiben, die Vorgänge am Himmel, die Gewohnheiten und Eigenarten von allem Lebenden. Und das alles interessierte den Halbelfen. »Zum Beispiel«, sagte Miral, während er sich auf ein dickes Kissen setzte, das mit gegerbtem Hirschleder bezogen war, und Tanis zu einem ähnlichen, kleineren, aber nicht weniger bequemen Stuhl an seiner Seite winkte, »habe ich dir schon von Joheric erzählt?«

Als Tanis den Kopf schüttelte, begann der Zauberer mit seiner Geschichte:

»Wie du weißt, Tanis, sind die Elfen die Verkörperung des Guten, denn sie waren die erste Rasse auf Krynn.« Tanis machte den Mund auf, um zu fragen, ob die anderen Rassen auch von sich glaubten, daß *sie* die ersten waren, aber der Magier brachte ihn mit einem Blick zum Schweigen.

»Die Elfen waren vom Auftauchen des Grausteins weniger betroffen als andere, schwächere Rassen, aber ...«

»Erzählt mir vom Graustein«, unterbrach ihn Tanis in der Hoffnung, die Geschichten würden bis zu seiner Bogenstunde bei Tyresian am frühen Nachmittag dauern.

Miral sah ihn grimmig an, und es wurde noch dunkler im Raum, als ob das Licht auf die schlechte Laune des Magiers reagieren würde. »Ich habe dir bereits vom Graustein erzählt. Jetzt ...« Die rauhe Stimme des Zauberers nahm den Faden wieder auf. »Wir waren weniger vom Graustein betroffen als andere Rassen, aber dennoch sorgte der Stein – der, wie du weißt, die Verkörperung des Chaos ist – überall für Unruhe, wo er auch hinkam. In Silvanesti, wo ich herkomme ...« Das war Tanis neu. Er setzte sich auf und wollte eine Frage stellen, doch bei einem weiteren, strengen Blick des Magiers sackte er wieder in sich zusammen.

»In Silvanesti lebte einst bei der Hauptstadt Silvanost ein Elfenlord mit seinen beiden Kindern, einem Sohn namens Panthell und einer etwas jüngeren Tochter namens Joheric. Wie es damals, vor den Sippenmord-Kriegen, Brauch war, würde der älteste Sohn Titel, Ländereien und Reichtum seines Vaters erben. Die Tochter, Joheric, würde eine ausreichende Mitgift erhalten, um für eine Ehe mit einem jungen Elfenlord interessant zu sein, aber sie würde kein Anrecht auf irgend etwas anderes von den Besitztümern ihres Vaters haben.«

»Wenn man es so darstellt, klingt das ungerecht«, warf Tanis ein.

Miral nickte und zog die Robe fester um die Schultern. »Das fand Joheric auch«, fuhr der Magier fort. »Die Situation machte Joheric zu schaffen, besonders weil es für sie offensichtlich war, daß sie das Erbe mehr verdient hatte. Elfenfrauen lernten damals wie heute den Umgang mit Waffen, auch wenn sie diese – wie heute – dann fast nur bei Zeremonien in die Hand nahmen. Es war doch eher immer schon Aufgabe der Männer, zu kämpfen, wenn es nötig war.

Nun, Joheric war mit dem Schwert so gewandt, daß sie ihren Bruder Panthell bei den Übungskämpfen im Schloß besiegen konnte. Sie war stärker und schlauer als ihr älterer Bruder. Aber weil sie das jüngere Kind war, wußte sie, daß sie wahrscheinlich miterleben würde, wie alles, was ihr zustand, an den Unwürdigeren fiel. Es müßte doch jeder sehen können, überlegte sie, daß Panthell ein schlechter Kämpfer ohne jegliches moralisches Urteilsvermögen war. Sie wußte, daß er sich nicht zu fein zum Stehlen war, daß er gierig und feige war und außerdem nicht übermäßig gescheit.«

Tanis knurrte der Magen, und er blinzelte zu dem Teller mit geröstetem *Quith-Pa,* den der Zauberer genau außer Reichweite auf einem Tischchen neben den zwei Sitzen stehen hatte. Der Halbelf war am Vorabend zu spät gekommen, um sich noch mit der Familie der Stimme an den Abendbrotstisch zu setzen. Dann hatten ihn Selbstvorwürfe über seine Unterhaltung mit Flint bis in den frühen Morgen beschäftigt, und nachdem er endlich eingeschlafen war, war er zu spät aufgewacht und ohne Frühstück zu Miral geeilt.

Der Zauberer jedoch interpretierte das Magengrummeln und den verlangenden Blick richtig und sagte einen Befehl in einer fremden Sprache, woraufhin der Teller ohne die Hilfe von Elfenhänden quer über den Tisch zu dem Halbelfen rutschte. Tanis dankte ihm, bestrich eine Scheibe *Quith-Pa* mit Birnenmus und schob sie sich in den Mund.

Miral fuhrt fort. »Joheric wurde immer bitterer bei dem Wissen, daß all ihr Können und all ihre Begabung ihr nichts einbringen würden. Sie sehnte sich danach, in die Schlacht zu ziehen und dem Haus Ehre zu machen. Bald bekam sie im Drachenkrieg dazu Gelegenheit. Der Krieg zog ihren Vater in die Kämpfe hinein, und trotz seines entschiedenen Protests wurde Panthell losgeschickt, sich den anderen Elfensoldaten anzuschließen. Joheric dagegen blieb zu Hause und übte mit dem Schwert und mit dem Bogen, bis sie sicher war, daß sie sich ehrenhaft verteidigen konnte. Aber lange Monate verstrichen ohne eine Nachricht von Panthell.

»Wurde er getötet?« fragte Tanis.

»Genau das befürchtete Joherics Vater. Er hatte Angst, sein Sohn und Erbe wäre gefangengenommen worden. Joheric ging zu ihrem Vater und schwor, sie würde ihren Bruder finden – ein Schwur, den niemand besonders ernst nahm, denn sie war schließlich ein Mädchen und erst an die Fünfundzwanzig, also jünger, als du jetzt bist. Im Schutze der Nacht verließ sie das Schloß und durchquerte die Wälder von Silvanesti auf der Suche nach dem Regiment ihres Bruders.«

»Hat sie ihn gefunden?« fragte Tanis, den Mund voll *Quith-Pa*. Er las einen Krümel von seinen sandfarbenen Hosen auf.

Miral nickte. »Das hat sie. Doch alles war anders, als sie es erwartet hatte. Sie stieß auf Panthell, während sein Elfenregiment gerade gegen eine Truppe Menschen kämpfte. Sie kämpfte sich zu ihm vor, und da entdeckte sie zu ihrem Entsetzen ...« Die Stimme des Zauberers brach ab. »Was meinst du, was sie entdeckte, Tanis?« hakte Miral nach.

Tanis blickte auf und schluckte. »Was denn?« wiederholte er.

Miral nahm die Erzählung wieder auf. »Panthell kämpfte auf Seiten der Menschen.«

Der Halbelf fühlte einen Schauer durch seinen Körper rinnen. Er schüttelte den Kopf, um ihn klar zu bekommen. Was wollte Miral ihm sagen?

Ohne weitere Pause fuhr der Magier fort, wobei er den Halbelfen nicht mehr ansah. »Joheric war so wütend, daß sie, ohne nachzudenken, ihren Bruder beim Namen rief, und als er sich umdrehte, durchbohrte sie ihn mit ihrem Schwert. Es stellte sich heraus, daß die Elfen den Menschentrupp verfolgt hatten, dem Panthell sich als Führer angeschlossen hatte. Die Elfen töteten viele Menschen und führten Joheric als Heldin nach Hause.«

»Als Heldin? Weil sie ihren Bruder getötet hat?« schluckte Tanis. Er hatte gehört, daß die Silvanesti-Elfen kälter und berechnender waren als die Qualinesti, aber …

»Weil sie einen Verräter getötet hat«, stellte Miral richtig. »Sie erbte den Besitz ihres Vaters und wurde ein sehr erfolgreicher Elfengeneral.« Er brach ab und warf seinem Schüler einen Blick zu.

Tanis war entsetzt. »Und das war's?« wollte er wissen, wobei er unwillkürlich seine Stimme hob. »Sie hat ihren Bruder getötet und wurde dafür belohnt?«

»Der Rest ihres Lebens war von Trauer überschattet«, gab Miral zu. »Jahrelang verfolgten sie Träume über ihren Bruder, Alpträume, in denen sie ihn wieder und wieder durchbohrte, bis sie schreiend erwachte.«

Tanis dachte nach, während er sich in dem abgedunkelten Raum umsah, doch statt dessen erblickte er eine Elfenfrau in Rüstung, die in der Schlacht ihren eigenen Bruder angriff. »Schlimme Träume scheinen ein armseliger Preis zu sein, wenn man den Tod eines anderen Elfen zu verantworten hat«, sagte er schließlich.

»Kommt auf die Träume an«, sagte der Zauberer.

Die beiden saßen kurze Zeit schweigend da, bis Miral sich vorbeugte. »Verstehst du die Moral meiner Geschichte?«

Der Halbelf nahm das letzte Stück *Quith-Pa* und dachte wieder nach. »Daß eine Person den Lauf der Geschichte verändern kann?« bot er an.

Das Gesicht des Zauberers verriet Zustimmung. »Gut. Was noch?«

Tanis überlegte intensiv, doch ihm fiel weiter nichts Vernünftiges ein. Der Magier beugte sich zu ihm. Seine Augen starrten ihn zwingend an. *»Entscheide dich, auf wessen Seite du stehst, Tanis.«*

Der erschrockene Elf merkte, wie sein Gesicht weiß wurde. »Was habt Ihr gesagt?« fragte er matt.

»Entscheide dich, auf wessen Seite du stehst.« Dann wandte sich der Magier ab.

An dieser Stelle der Morgenlektion kam Laurana herein, und Miral legte eine Pause ein, die ohnehin schon durch den Schock nötig war, der immer noch im Gesicht seines jungen Schülers zu lesen stand. Der Junge mußte die harte Wahrheit früher oder später erfahren, dachte der Magier. Tanis konnte nicht als Halbelf oder Halbmensch leben, ohne sich zu entscheiden, welcher Rasse er sich zugehörig fühlen wollte. Dennoch hatte es Miral sehr leid getan, seinen Schüler zu verletzen, und er wünschte, er hätte einen sanfteren Weg gefunden. Wenn Tanis keinen Abstand zwischen sich und dem Hof aufbaute, würde er voller seelischer Narben durchs Leben gehen.

Trotzdem war es schade, fand der Magier.

Tanis kam ein paar Minuten später zurück, nachdem er erfolgreich die Bemühungen seiner kleinen Cousine abgewehrt hatte, ihn zum Spielen in die Sonne zu locken.

»Es sind vielleicht nicht mehr viele solcher Tage bis zum Winter«, hatte die Tochter der Stimme argumentiert. »Ehe du dich umdrehst, ist der Winter schon da, Tanis.«

Sie hatte gelacht, aber Tanis war etwas erschauert. Er konnte schon den Winterwind in den Knochen fühlen, und er wußte irgendwie, daß der Wechsel der Jahreszeiten für ihn bedeutsamer war als für andere Elfen. Vielleicht kam es daher, weil er spürte, wie er sich mit den Jahreszeiten veränderte und älter wurde. Vielleicht bedeuteten die einzelnen Jahreszeiten den Rassen, die weniger Sommer sehen würden, mehr als den Elfen. Ein Halbelf lebt kürzer als ein reiner Elf, der Jahrhunderte vor sich hatte, auch wenn ein Halbelf wiederum eine längere Lebenserwartung hatte als die Menschen.

Der Zauberer und sein Schüler wendeten sich einem neuen Thema zu – der Funktionsweise eines Flügels. Miral hatte am Morgen bei einem Waldspaziergang einen toten Sperling und eine braune Fledermaus gefunden. Zusammen mit Tanis untersuchte er die beiden Tiere, die vor ihnen auf einem Tablett auf dem Tisch lagen. Die helle Lampe füllte den Raum mit dem Duft von Gewürzöl. Doch als die beiden so Kopf an Kopf beieinander standen, um die tote Fledermaus und den Vogel zu untersuchen, lag eine gewisse Spannung zwischen Lehrer und Schüler in der Luft. Tanis bemühte sich sehr, seine Aufmerksamkeit wieder auf Mirals Unterricht zu lenken.

»Du siehst doch den Unterschied zwischen der Fledermaus und dem Sperling, Tanis?« fragte Miral nach. Sein Atem roch nach Lorbeerblättern.

»Ich glaube schon«, erklärte Tanis. Er fuhr die zarten Linien des Fledermausflügels mit dem Finger nach. »Bei der Fledermaus besteht der Flügel aus Haut, die zwischen den Fingerknochen ausgestreckt wird. Diese Knochen sind ausgesprochen lang, bis auf den Daumen.« Dann betrachtete er den Sperling, der reglos auf dem Tisch lag. »Und bei dem Vogel gibt es keine Finger mehr, und der Flügel besteht aus Federn, die direkt aus dem Arm wachsen.«

»Gut«, sagte Miral ernst. »Ich denke, das reicht für heute. Ich möchte nämlich nicht, daß du darauf kommst, selber fliegen zu wollen.«

Tanis lächelte Miral an. »Ich fürchte, wenn ich das versuche, dann teile ich das Schicksal dieser beiden Kerlchen.« Er betrachtete nachdenklich die beiden stillen Tiere auf dem Tisch.

»Leben und Tod sind gleichermaßen Teil des natürlichen Kreislaufs«, meinte Miral. »Und wenn wir vom Tod lernen können, um so besser.« Er stellte das Tablett beiseite und goß jedem ein Glas Wein ein, damit sie beim Weiterreden etwas zu trinken hatten. »So, ich glaube, wir haben noch Zeit für eine weitere Geschichte. Was möchtest du hören?«

»Von Euch«, erwiderte Tanis. »Ich möchte Eure Lebensgeschichte hören.«

Es wurde wieder dunkler im Raum, als die klaren Augen des Zauberers den ernsten Gesichtsausdruck des Halbelfen wahrnahmen. Der Steinboden schien Kälte auszustrahlen, und Tanis fröstelte. Miral hatte offensichtlich eine Entscheidung getroffen. Er nahm einen Schluck Wein und fragte: »Was für eine Geschichte soll ich denn von mir erzählen?«

»Wie wär's mit all Euren Reisen?« bohrte der Halbelf nach.

Miral drehte sich vom Tisch weg. »Das war nur zielloses Umherstreifen eines dummen, jungen Elfen«, sagte der Zauberer schulterzuckend. »Mein Leben war ziemlich uninteressant, bis ich endlich so schlau war, nach Qualinost zu gehen.«

Tanis trank noch einen Schluck Wein, dann einen weiteren, damit er sich traute, weiterzufragen. »Wie seid Ihr hierhergekommen? Ihr sagt, Ihr seid ein Silvanesti. Warum dann nach Qualinost?«

»Es ist schon Nachmittag. Kommst du nicht zu spät zu deiner Schießstunde?«

»Ihr habt gesagt, die Zeit reicht noch für eine Geschichte«, beharrte Tanis stur.

Miral seufzte. »Ich sehe, du gibst erst auf, wenn ich dich ein wenig über das Leben eines Zauberers aufgeklärt habe. Also, komm. Ich begleite dich zu deiner Stunde bei Tyresian. Wir können unterwegs reden.«

Sie leerten ihre Kelche, dann folgte Tanis Miral auf den Gang, wo der Magier sorgfältig die Tür verschloß. Auf Mirals Bitte hin war der Gang vor seinen Zimmern immer nur schwach beleuchtet. Es gab nie eine Wache – ebenfalls auf seine Bitte hin.

»Was weißt du von mir, Tanis?« fragte Miral, als sie langsam den Korridor entlanggingen.

Tanis paßte sein Tempo dem des Zauberers an. Beide machten wenig Lärm beim Gehen, denn der Halbelf trug lederne Mokassins, und der Magier hatte weiche Schuhe an. »Ich weiß, daß Ihr ein Freund vom Bruder der Stimme, Arelas, wart. Und daß Ihr hierhergekommen seid, als ich noch ein Kind war.« Tanis wurde rot. Er hoffte, der Magier würde nicht sagen, daß der Halbelf immer noch ein Kind war.

Miral jedoch schien ganz in die Betrachtung des Marmorfußbodens versunken zu sein. Sie waren schon so weit von den Zimmern des Zauberers entfernt, daß an den Wänden wieder Kerzen brannten, daher traten sie abwechselnd aus dem Licht ins Dunkle und dann erneut ins Licht. Endlich erzählte Miral weiter.

»Wir waren alte Freunde«, sagte der Zauberer rauh. »Du weißt, daß Arelas nicht bei Hof aufgewachsen ist?«

Tanis nickte. Dann wurde ihm klar, daß Miral das nicht sehen konnte, weil er die Kapuze so tief ins Gesicht gezogen hatte. »Ja, natürlich«, sagte er.

»Arelas war der jüngste von den drei Brüdern. Solostaran war natürlich der älteste. Kethrenan war viele Jahre jünger, und Arelas nur wenige Jahre jünger als Kethrenan. Arelas wurde schon als ganz kleines Kind vom Hof fortgeschickt – angeblich, weil er kränklich war und hier nicht gedieh«, berichtete Miral. »Man schickte ihn zu ein paar Klerikern bei Kargod, mehrere Wochen Reise nördlich von hier, durch die Berge und über die Straße von Schallmeer. Kurze Zeit davor war ich als Zauberlehrling in die gleiche Gegend gekommen.

Man möchte meinen, daß zwei Elfen, die in einer Menschenstadt leben, leicht Freundschaft schließen, schon aus Einsamkeit«, fuhr Miral fort. »Aber so war es nicht. Wir lebten jahrelang in der Nähe derselben Stadt, begegneten uns auf dem Marktplatz und nickten uns zu, ohne je ein Wort zu wechseln.

Er ging nie wieder heim nach Qualinost. Ich ging nie wieder heim nach Silvanost.« Er machte eine Pause, während der Tanis seinen Freund regelrecht nach den richtigen Worten suchen hören konnte. Als sie an einer Tür vorbeikamen, trat gerade Lord Xenoth, der alte Berater der Stimme, mit wehender, silbergrauer Robe heraus, ging jedoch ohne Gruß an ihnen vorbei.

»Xenoth hat mich von Anfang an abgelehnt«, murmelte Miral. »Warum, weiß ich nicht. Ich habe ihm nie etwas getan. Ich bin auch bestimmt keine Bedrohung für seine Stellung am Hof, und etwas anderes scheint ihn ja nicht zu kümmern.«

Sie kamen an einem Fenster vorbei, einem senkrechten Schlitz im Quarz, und Tanis wich einem großen Farn aus. »Aber irgendwann habt Ihr Arelas kennengelernt«, hakte er nach.

Miral bog rechts ab, und sie stiegen die breiten Steinstufen in den Hof hinunter. »Wir haben uns durch eine Magie kennengelernt. Eines Tages brach Arelas auf dem Marktplatz von Kargod zusammen. Er war ein schwächlicher Elf. Ich war gerade in der Nähe und eilte ihm zur Hilfe. Ich kenne viele Sprüche, um kleinere Unpäßlichkeiten zu lindern, auch wenn ich kein richtiger Heiler bin, wie du wohl weißt.« Tanis wollte eilig Einspruch erheben, doch Miral wehrte seine höflichen Versicherungen mit einer seiner typischen Gesten ab. Der Halbelf schwieg. Miral war wirklich kein bedeutender Zauberer, aber seine freundliche Art und seine Zugänglichkeit hatten ihn ziemlich beliebt gemacht.

»Jedenfalls«, erzählte Miral, »konnte ich Arelas' Schmerzen lindern und habe ihn in den Tagen danach oft besucht. So wurden wir schließlich Freunde.«

Sie waren an der zweiflügeligen Tür angekommen, durch die man den Hof betreten konnte. Die Tür war aus poliertem Stahl – was sie in einer Zeit, wo Stahl durch die ständige Drohung des Krieges wertvoller war als Gold und Silber, doppelt kostbar machte. Jeder Flügel war so hoch wie zwei Elfen übereinander und so breit wie einer, auch wenn aufgrund der Kunst der Elfenhandwerker jeder Elf, egal wie schwach, die Türen aufdrücken konnte. Tanis machte eine auf. Das reichte, um zu sehen, wie Tyresian draußen hochmütig an einer Säule lehnte. Miral trat in die Schatten zurück, woraufhin der Halbelf die Tür wieder zuschwingen ließ.

»Wie seid Ihr dann nach Qualinost gekommen?« fragte Tanis. »Und was ist aus Arelas geworden?«

Miral schlug die Kapuze vom Gesicht zurück. »Vielleicht sollte das bis zum nächsten Mal warten. Es ist nicht die schönste Geschichte, wenn sich zwei Freunde trennen.« Aber bei Tanis' Blick fuhr er fort: »Arelas beschloß, Qualinost zu besuchen und bat mich, ihn zu begleiten. Ich hatte immer schon die westlichen Elfenländer sehen wollen, darum war ich einverstanden. Wir hätten bestimmt in Qualinost, bei Hof, um eine Eskorte bitten können, aber Arelas wollte Qualinesti unerkannt betreten – warum, habe ich nie herausgefunden. Er war in vielerlei Hinsicht ein Geheimniskrämer.

Es war in den unruhigen Zeiten in den frühen Jahrhunderten nach der Umwälzung. Räuberbanden waren auf den Fernstraßen nicht selten. Aber Arelas versicherte mir, daß wir in unserer kleinen Reisegruppe sicher wären.«

Miral ließ den Kopf hängen. Er schien um Atem zu ringen. Tanis war von der Erzählung fasziniert, doch er wünschte, er hätte den Magier nicht gebeten, ein offensichtlich schmerzhaftes Erlebnis wieder aufzuwärmen.

Schließlich seufzte der Zauberer. »Arelas hatte unrecht. Wir segelten sicher von Kargod nach Abanasinia und reisten ohne Zwischenfall eine Woche über Land. Aber eine Tagesreise hinter Solace, bei Torweg, wurde unsere kleine Reisegruppe von menschlichen Banditen überfallen. Den einen Räuber konnten wir töten, aber sie brachten die Wachen um, die mit uns reisten.«

»Und Arelas?« fragte Tanis. Hinter der Tür hörte er ungeduldige Schritte und erriet, daß es Tyresian sein mußte, der ihn zur Bogenstunde holen wollte.

»Es gab eine … eine Explosion«, sagte Miral leise, wobei er noch einen Schritt zurücktrat, als die Tür aufging. »Arelas wurde schwer verletzt. Ich tat, was ich konnte. Er riet mir, hierher zu gehen, weil sein Bruder schon einen Platz am Hof für mich finden würde. Du siehst, selbst Arelas, der doch ein guter Freund war, wußte, daß meine Zauberkünste nicht ausreichen würden, um aus eigener Kraft eine Stellung zu finden.«

In diesem Moment stürmte Tyresian durch die Tür und brüllte: »Tanthalas Halbelf! Ich warte …« Er sah die beiden und hielt inne, um dann den Magier offenbar als unter seiner Würde einzustufen. »Du kommst zu spät!« fauchte er den Halbelfen an.

Tanis beachtete den zornigen Elfenlord zunächst nicht weiter. »Und so seid Ihr hierhergekommen«, sagte der Halbelf zu Miral.

Der nickte. »Und bin seitdem nicht mehr fortgegangen. Ich bin glücklich hier – vermutlich glücklicher, als ich in Silvanesti gewesen wäre. Trotzdem vermisse ich Arelas. Ich träume immer noch von ihm.«

Während Tyresian hinter ihm still vor sich hin schäumte, sah Tanis mitleidig zu, wie der Magier wieder die Stufen hinaufstieg.

»Nimm den Kopf hoch«, schimpfte Tyresian. »Halt diesen Arm gerade. Und die Füße stellst du so. Laß das Ziel nicht aus den Augen. Bei den Göttern, willst du jemanden umbringen?«

Drüben an der Seite lachte Lady Selena. Sie war eine eindrucksvolle Elfendame mit Veilchenaugen und dunkelblonden Haaren, aber ihr Gesicht strahlte eine beunruhigende Härte aus. Das große Vermögen jedoch, das sie beim Tod ihrer Eltern erben würde, wertete ihre Attraktivität in den Augen vieler Elfenlords wieder auf.

Tanis schoß schon seit zwei Stunden Pfeil um Pfeil in mehrere Heuballen, die auf Tyresians Anordnung hin vor einer kahlen Wand des riesigen Hofes zu einem Block aufgetürmt waren. »Auf diese Weise können wir einigermaßen sicher sein, daß du nicht einen vorbeigehenden Höfling triffst«, hatte Tyresian erklärt, wodurch er Litanas, Ulthen und Selena noch mehr zum Lachen gebracht hatte. Porthios saß auf einer Bank und beobachtete seinen Vetter, den Halbelfen, so intensiv, daß Tanis schon allein deshalb neun von zehn Malen daneben traf.

»Könnt Ihr Eure Freude nicht bitten zu gehen?« hatte Tanis Tyresian gebeten, der die Augen zusammengekniffen hatte.

»Glaubst du, sie werden eines Tages das Schlachtfeld für dich räumen, Halbelf, damit du sicher bist, daß keine kritischen Blicke auf dir ruhen?« hatte der Elfenlord laut erwidert. Litanas hatte die Nase gerümpft, und Tanis war rot geworden. Mit Ausnahme von Porthios schien die Gruppe Tanis' Vorstellung äußerst unterhaltsam zu finden.

Tanis tat der Arm weh, und seine Finger wurden langsam taub. Seine überanstrengten Hände ließen einen Pfeil fallen, und er lief rot an, als die Zuschauer hinter ihm sich darüber lustig machten, wie er sich bemühte, den Pfeil vom Moos aufzuheben. Seine Finger weigerten sich einfach, zu tun, was er wollte. Denn eigentlich wollten sich seine Finger um Tyresians Hals legen und zudrücken. Tanis fiel es schwer, seine Wut zu unterdrücken. Lady Selena hatte zudem ein besonders aufreizendes Lachen – ein Kichern, das die ganze Tonleiter hochlief und wieder zum Anfangston zurückgurgelte. Das reichte, um ihm die Haare zu Berge stehen zu lassen, aber Litanas und Ulthen schienen es bezaubernd zu finden.

»Es reicht absolut nicht, dich gegen einen Feind in der Ferne verteidigen zu können, wenn dich ein Feind verletzen kann, der vor dir steht«, sagte Tyresian wichtigtuerisch.

Allerdings, dachte Tanis, verzog aber das Gesicht, als der Elfenlord ihm ein schweres Stahlschwert in die Hand drückte. Der Halbelf war gezwungen, es zu einer hastigen Parade gegen den hinterhältig grinsenden Tyresian zu erheben. Schwungvoll stellte Tyresian einen Fuß hinter den von Tanis und schlug ihm mit der flachen Klinge vor die Brust. Tanis fiel strampelnd hintenüber, wobei er gerade noch seinem eigenen Schwert ausweichen konnte.

Dann lag er keuchend da, litt unter dem schrillen Lachen der anderen und der Wucht des Falls, weigerte sich aber, zu den feinen Herrschaften zu sehen, die sich auf der Steinbank kugelten.

Plötzlich erhob sich Selenas Kreischen aus dem Lärm. »Er hat sich die Hosen zerrissen!« schrie sie und prustete wieder los. Tanis sah an sich herunter. Sein Schwert hatte wirklich die rechte Seite seiner Hose aufgeschlitzt, und beim Fall war sie noch weiter aufgerissen, wodurch ein Stück seines unanständig behaarten Oberschenkels den Blicken von Porthios' Freunden ausgesetzt war. Schließlich hörte er eine neue Stimme zwischen den anderen, und Tanis sah, wie sich Porthios die Tränen aus den Augen wischte, als er aufstand und seine Freunde kopfschüttelnd durch die Stahltüren in den Palast zurückführte. Tyresian beugte sich herunter und hob mit Leichtigkeit Tanis' Schwert auf, salutierte damit vor dem gestürzten Halbelfen und ging hinter seinen Freunden her. An der Tür blieb er jedoch stehen, während er sie mit starker Hand aufhielt.

»Bis morgen, Halbelf«, sagte er grinsend.

Von drinnen drang Selenas Lachen zu Tanis heraus.

Kapitel 5

Wettkampf mit Pfeilen

Am nächsten Morgen wartete Laurana im Hof, als Tanis mit Pfeil und Bogen ankam. Miral hatte ihm heute morgen frei gegeben, und deshalb wollte er schießen üben, bis Tyresian nichts mehr zu kritisieren hatte.

Aber nun stand da die Tochter der Stimme in einem jägergrünen Umhang und goldbestickten Schuhen. Ihre langen Haare waren offen, bis auf einen dicken Zopf an jeder Seite ihres Gesichts. Sie saß mit baumelnden Beinen auf einer Steinmauer, wodurch es ihr gelang, auf beides zu verweisen: die verführerische Frau, die sie werden würde, und das verwöhnte Kind, das sie derzeit war. Tanis stöhnte innerlich.

»Tanis!« rief sie und sprang von der Mauer. »Ich habe eine großartige Idee.«

Der Halbelf seufzte. Was sollte er mit ihr machen? Sie war erst zehn, und er war dreißig. Damit war sie praktisch noch ein Baby. Der Altersunterschied entsprach dem zwischen einem fünfjährigen und einem fünfzehnjährigen Menschen.

Er mochte das kleine Elfenmädchen, auch wenn sie etwas zu genau wußte, wie niedlich sie auf andere wirkte. »Was willst du, Laurana?«

Sie stand mit den Händen an den Hüften vor dem Halbelfen. Das Kinn hatte sie hoch erhoben, und die grünen Augen funkelten aufgeregt. »Ich finde, wir sollten heiraten.«

»Was?« Tanis ließ den Bogen fallen. Als er sich bückte, um ihn wieder aufzuheben, kitzelte ihn die Kleine und zog ihn ins Moos. Er kniete sich voller Ernst hin, stellte sie wieder auf die Beine und stand auf. »Ich glaube nicht, daß das geht, Lauralanthalasa Kanan.«

»Ach, immer wenn es Ärger gibt, benutzen alle meinen ganzen Namen«, schmollte sie. »Ich finde trotzdem, daß du mich heiraten solltest.«

Tanis konzentrierte sich auf sein verstümmeltes Ziel, aber Laurana hüpfte vor ihm im Weg herum. »Willst du, daß ich dich treffe?« wollte er wissen. »Setz dich da hin.« Er zeigte auf eine abseits stehende Bank links von sich, dieselbe, auf der gestern Lady Selena und die anderen gesessen hatten. Laurana gehorchte erstaunlicherweise.

»Warum nicht, Tanis?« zirpte sie, als er einen Pfeil abschoß, der am Ziel vorbeiging, zwei Fuß über dem Heuhaufen an die Steine klirrte und harmlos zu Boden fiel.

»Weil du noch zu klein bist.« Er legte einen neuen Pfeil auf und zielte.

Sie seufzte. »Das sagen alle.« Dieser Pfeil traf wenigstens die Heuballen, auch wenn er drei Fuß rechts vom Drachenauge einschlug. »Und wenn ich älter bin?«

»Dann bin *ich* vielleicht schon zu alt.«

»Du wirst nicht zu alt sein.« Sie stampfte mit dem Fuß auf, schob die Unterlippe vor, und die Tränen saßen ihr so locker wie der Schauer in einer Gewitterwolke. »Ich habe Porthios gefragt, wie lange Halbelfen leben, und er hat es mir gesagt. Wir haben viel Zeit.«

Tanis drehte sich um. »Hast du Porthios gesagt, daß du mich heiraten willst?«

Ihr Gesicht strahlte. »Selbstverständlich.«

Kein Wunder, daß der Erbe der Stimme in letzter Zeit ausgesprochen frostig gewesen war. Er wollte nicht, daß die Tochter der Stimme allen Leuten erzählte, daß sie den Halbelfenbastard aus dem Palast heiraten würde, dachte Tanis bitter. Ohne nachzudenken, ließ er den Pfeil lossausen und traf in das Leinentuch über den Ballen, nur wenige Fingerbreit vom Drachenauge entfernt. Ein weiterer Pfeil traf das Tuch zwischen dem ersten Pfeil und dem Auge.

Laurana hatte genau zugeschaut. »Ganz gut, Tanis. Wirst du mich also heiraten? Eines Tages?«

Tanis ging vor, um seine Pfeile einzusammeln. Als er zurückkam, hatte er es sich überlegt. »Klar, Laurana«, sagte er. »Eines Tages heirate ich dich.«

Sie klatschte in die Hände. »Oh, hurra!« jubelte sie. »Ich will es gleich allen sagen.« Sie rannte aus dem Hof.

Der Halbelf sah ihr nach. So ist es recht, Lauralanthalasa, dachte er, sag es nur allen. Besonders Porthios.

Später am selben Morgen – es sah immer noch nach Regen aus – traf Tanis seine »Zukünftige« wieder, als er zum Himmelssaal ging, wo er nach vier Stunden Schießübungen einen klaren Kopf gewinnen wollte. »Da bist du ja!« rief ihre dünne, atemlose Stimme und riß ihn aus seiner Konzentration. Der Halbelf sah sich überrascht um. Laurana lief quer über den Platz auf ihn zu und hatte ihr grün-goldenes Kleid bis über die Knie hochgezogen, um besser rennen zu können. Der leuchtende Stoff hob sich bunt vom grauen Mittagslicht ab.

Laurana zog sich in letzter Zeit lieber wie eine Elfenfrau an als wie ein Kind. Die weichen, gerafften Spielanzüge der Elfenkinder hatte sie abgelegt. Vielleicht entsprach ihr neuer Kleidungsstil den Vorschriften des höfischen Protokolls, doch Laurana schien sich, ehrlich gesagt, weniger um die komplizierte Etikette und das Protokoll zu kümmern als Elfen von geringerem Rang. Wahrscheinlich verliert sie ihre Natürlichkeit, wenn sie älter wird, dachte er seufzend und fühlte sich plötzlich schrecklich alt.

»Wir müssen los«, flötete sie. »Gilthanas hat gesagt, daß er ihn auf dem Weg zum Platz gesehen hat!«

»Wen?« fragte Tanis.

»Meister Feuerschmied!« erklärte Laurana, als ob das nicht klar gewesen wäre.

Tanis wand sich innerlich. Er hatte eigentlich nicht vorgehabt, den Kindern und dem Spielzeugmacher wieder einmal zuzusehen, aber Laurana zog kräftig an seiner Hand, und er hatte kaum eine andere Wahl, als neben ihr herzustolpern.

Tatsächlich war der Zwergenschmied da, als sie den Platz erreichten. Er war von lachenden Kindern umgeben, und Laurana verschwand sofort zwischen ihnen. Tanis seufzte und zog sich wie üblich zu den Bäumen zurück. Bald liefen die Kinder auseinander und probierten ihre neuen Spielsachen aus. Laurana war mit einem kleinen Vogel mit Papierflügeln beschäftigt, der richtig durch die Luft segeln konnte. Tanis schob die Hände in die Taschen und wollte gehen.

»Halt, Junge, stehengeblieben!« sagte eine rauhe Stimme hinter Tanis, und er zuckte erschrocken zusammen, als sich eine schwere Hand auf seine Schulter legte. »Diesmal kommst du mir nicht so einfach davon.«

Tanis fuhr herum und sah sich dem Zwerg gegenüber. Meister Feuerschmieds Augen glänzten wie polierter Stahl. Tanis wußte nicht, was er sagen sollte, deshalb schwieg er, obwohl sein Herz heftig klopfte.

»Also«, begann der Zwerg vorsichtig, »ich weiß, daß – jedenfalls für manche Leute – ein einfaches Spielzeug nicht reicht, um die Sorgen zu vergessen.« Er schaute nachdenklich zu den fröhlichen Kindern hinüber. »Ich wünschte, es wäre bei allen so einfach.« Seine Augen begegneten wieder denen von Tanis. »Aber sei es, wie es ist, ich möchte dir trotzdem das hier schenken.« Er hielt ihm ein kleines Päckchen hin, das Tanis mit unsicheren Händen annahm.

Weil er nicht wußte, was er sonst tun sollte, fummelte er an der Schnur herum. Schließlich ging der Knoten auf, und das Papier löste sich und fiel herunter. Er starrte das Ding in seiner Hand an, und seine Kehle schnürte sich zusammen. Es waren zwei perfekt geschnitzte, detailgetreue Holzfische. Jeder hing an einen dünnen Goldfaden von einem kleinen Querbalken, der über einem hölzernen Ständer schwebte, welcher wie ein steiniges Bachbett geschnitzt war.

»Hier«, sagte der Zwerg, »ich zeig dir was.« Er berührte den Querbalken sanft mit der Fingerspitze, woraufhin der sich zu drehen begann. Die Fische drehten sich rund um den Mittelständer und tanzten dabei leicht an den Fäden auf und ab. Es sah aus, als würden sie da auf Tanis' Hand ganz frei und anmutig umherschwimmen.

»Wenn es dir peinlich ist, ein Spielzeug anzunehmen, kannst du ja ›Holzskulptur‹ dazu sagen«, schlug der Zwerg augenzwinkernd vor.

»Das ist wunderschön«, flüsterte Tanis, und über sein Gesicht huschte ein Lächeln.

Während Tanis im Hof wartete, hatte er die Fischskulptur auf eine Steinmauer an der Seite gestellt. Schließlich kam Tyresian, wieder mit Selena, Ulthen und Litanas im Schlepptau.

Porthios trat etwas später durch die Tür. Genau in diesem Moment fiel der erste Regentropfen auf einen der Wege, die den Hof durchzogen, und Tyresian, der eine knielange Tunika von sturmgrauer Farbe trug, blickte irritiert zum bleiernen Himmel.

»Ich finde, wir sollten die heutige Stunde lieber absagen«, sagte der Elfenlord, doch seine Gefährten – außer Porthios – stöhnten. Der Erbe der Stimme musterte die Gruppe nur ungerührt. Er hatte die hellen Augenbrauen zu seinem typischen Stirnrunzeln zusammengezogen.

»Und womit sollen wir uns dann unterhalten?« hörte Tanis Litanas murmeln, und Selena schlug trillernd eine Hand vor den Mund. Tanis krümmte sich innerlich.

Aber er hatte nicht fast den ganzen Vormittag damit verbracht, Pfeile in Heuballen zu schießen, um sich jetzt abschieben zu lassen. Er legte einen Pfeil auf und visierte sein Ziel an. Sein Tonfall war absichtlich sanft. »Ich halte ein bißchen Wasser schon aus, Lord Tyresian. Wenn es Euch allerdings stört, dürft Ihr Euch gern nach drinnen zurückziehen. Vielleicht zündet Euch ein Diener ein Feuer an. Was mich betrifft, ich bleibe.«

Der kurzhaarige Elf errötete vom eckigen Kinn bis zum Haaransatz. »Wir machen weiter«, erklärte er ohne Umschweife.

Der Regen hielt sich zurück, während Tanis Pfeil um Pfeil auf das Ziel abschoß, wobei erst blaue, dann rote Federn aufschimmerten, während sie über den Hof flogen. Ein paar Pfeile prallten gegen die Mauer, aber er traf den Heustapel immer zuverlässiger. Alle vier oder fünf Male traf er sogar die runde Zielscheibe – aber nie das Drachenauge in der Mitte. Tyresian leierte seine übliche Kritik herunter. »Halt die Schulter still. Nimm den Ellbogen zurück! Du schießt wie ein Gossenzwerg, Halbelf. Laß beide Augen offen. Du willst doch feststellen können, wie weit das Ziel entfernt ist, oder?«

Tanis lief in der drückenden Luft der Schweiß über das Gesicht, doch schließlich traf ein Pfeil nur zwei Fingerbreit neben dem Drachenauge. Triumphierend drehte er sich zu Tyresian und der plappernden Zuschauerschar um. Selena, die dunkle Ringe unter ihren Veilchenaugen hatte, schmiegte sich eng an Ulthen an. Sie kicherte nur noch haltlos. Ulthens halblanges, hellbraunes Haar streifte ihre Schulter, als er versuchte, ihr die Hand vor den Mund zu legen, um ihr Lachen zu ersticken. Litana kniff die Augen zusammen, als er höhnisch lachte. Lord Xenoth hingegen, der Berater der Stimme, stand mit unbewegtem Gesicht in der Tür. Porthios stand an der Seite, schien aber wenig beeindruckt. Er nahm Flints Spielzeug in die Hand und spielte gedankenverloren mit dem Querbalken, wodurch die Fische herumwirbelten.

»Da!« schrie Tanis verzweifelt. »Und was ist das? Das ist fast das Drachenauge!« Zu seinem Entsetzen merkte er, daß er gegen Tränen ankämpfte. Wenn ich jetzt heule, sagte er sich, kann ich gleich nach Kargod ziehen.

Porthios stellte die Fische auf eine leere Bank und kam her, um Tanis' glatten Eschenbogen zu nehmen. In seinem Gesicht kämpfte der Stolz gegen Verlegenheit, und einen Augenblick lang dachte Tanis, sein Vetter wäre durch die Wendung der Dinge beschämt.

»Da.« Die Stimme des Elfenlords klang etwas heiser.

Scheinbar anstrengungslos schwang Porthios den Langbogen hoch und traf mit seinem Pfeil das Ziel. Dabei spaltete er Tanis' Pfeil mit der stählernen Pfeilspitze, die laut zwischen Holz und Leinen aufkam. Wortlos gab er dem Halbelfen den Bogen zurück und wollte zu der Flügeltür gehen. Wieder sah Tanis einen Moment lang das Unbehagen in Porthios' tiefliegenden Augen.

»Aber du hast auch nicht besser getroffen als ich!« erhob Tanis Einspruch, woraufhin Porthios sich umdrehte. Die beiden wurden von mehreren Regentropfen getroffen. Tanis hörte, wie Selena Litanas hineinschickte, um ihr Ölzeug zu holen. Auf der anderen Seite nieste Tyresian.

Mit dem Rücken zu den Zuschauern griff Porthios Tanis an den Oberarm. »Ich habe auf deinen Pfeil gezielt, kleiner Vetter, nicht auf das Drachenauge«, sagte er leise. Aus seinen grünen Augen, die so sehr denen der Stimme ähnelten, blitzte eine Warnung.

»Das sagst du jetzt!« schimpfte Tanis laut und wütend. Er merkte, wie sich seine Hände zu Fäusten ballten. Ein Regentropfen traf Porthios auf den Kopf und glättete eine Locke des dunkelblonden Haars. »Ich sage, du hast das Drachenauge verfehlt!«

Er spürte mehr, als daß er es sah, wie Tyresian neben ihm auftauchte, und hörte den Elfenlord mit glatter Stimme sagen: »Das klingt nach einer Herausforderung, Mylord. Wollen wir doch mal sehen, wie unser hitzköpfiger Freund Halbmensch sich gegen Euch hält, Porthios.«

Das Mitgefühl auf Porthios' Gesicht verflog. »Du forderst mich heraus?« fragte er leise.

Alle Augen ruhten auf ihm. Tanis entschied sich schnell. »Das tue ich!«

»Das ist aber nicht fair, Lord Porthios!« rief Ulthen von der Bank herüber. »Der Halbelf hat gerade erst mit dem Unterricht angefangen. Ihr habt schon einen gewissen Vorteil.«

»Ich kann besser schießen als du, Porthios!« schrie Tanis leichtsinnig.

Porthios musterte Tanis genau. Dann kam er näher. »Mach das nicht, Tanis«, murmelte er. »Zwing mich nicht dazu.«

Aber der Halbelf kochte bereits vor Wut. »Ich kann dich unter allen Umständen schlagen, Porthios!« erklärte er. Ein stetiger Nieselregen machte jetzt das Pflaster des Hofs naß. »Sag du die Bedingungen.«

Porthios seufzte und betrachtete das Moos zu seinen Füßen.

»Vier Pfeile nacheinander«, sagte er schließlich. »Wir nehmen deinen Bogen, Tanis.«

Diener eilten herbei und brachten kleine Pavillons, deren gestreiftes Tuch die jungen Adligen in ihren Seidenkleidern vor der Nässe schützten. Lord Xenoth verschwand und kehrte mit einem Umhang mit Kapuze zurück.

Tyresian ernannte sich selbst zum Schiedsrichter, und da seine Haare inzwischen sowieso an seinem kantigen Schädel klebten und es ihm in dem stetigen Regen schon von den spitzen Ohren tropfte, stellte er sich zwischen Porthios und Tanis auf. »Porthios Kanan nennt folgende Bedingungen: Tanis, der Halbelf, schießt viermal zuerst.« Seine militärische Stimme hallte von den nassen Steinwänden zurück. »Ein Drachenauge bringt zehn Punkte. Jeder andere Treffer auf die runde Zielscheibe fünf Punkte. Ein Treffer auf die Heuballen außerhalb der Zielscheibe bringt zwei Punkte. Das Heu völlig zu verfehlen«, er grinste gemein, »kostet den Schützen zehn Punkte.« Er hustete. »Wenn sich einer der beiden Schützen in diesem verwünschten Wetter eine Lungenentzündung holt, kostet das fünfzig Punkte, aber wir hoffen alle, daß es nicht dazu kommt.« Litanas, der inzwischen mit zwei Mänteln zurück war, applaudierte dem Scherz. »Rote Pfeile für Porthios, blaue für Tanis. Laßt die Kämpfer beginnen.«

Der Regen wurde stärker. Hin und wieder fiel ein Büschel Lorbeerblätter auf den Boden und blieb dann liegen, als hätte ein wütender Himmelsgott mit einem Stück Wald um sich geworfen. Tanis stellte sich auf und zielte durch die Regenfäden. Die Zuschauer hinter ihm wurden still, auch wenn ihr Schweigen wohl mehr mit dem Wetter zu tun hatte als mit Höflichkeit. Ulthen und Litanas sahen aus wie Meerelfen. Ihre Hosen waren bis zu den Knien naß. Selena, die den besten Platz in dem gelb-weißen Zelt gewählt hatte, war es besser ergangen.

Fast ohne nachzudenken, ließ Tanis den Pfeil losschnellen. Er vibrierte etwas, traf eine Leinenfalte rechts vom Ziel und blieb dort stecken. Ein heller, blauer Fleck vor dem graubraunen Hintergrund.

»Zwei Punkte für den Halbelfen!« rief Tyresian. »Als nächster kommt Porthios.«

Der Erbe der Stimme nahm den Langbogen von Tanis mit resignierter Miene entgegen. »Denk dran, Tanis. Ich habe das nicht gewollt.« Tanis begegnete seinem Blick unbewegt, als hätten sie sich nie gekannt.

Portios legte einen Pfeil auf, zog den Arm zurück – und Tanis gefror vor Demütigung.

Porthios war Rechtshänder. Aber in diesem Kampf hielt er den Bogen auf der anderen Seite und spannte ihn mit dem schwächeren Arm. Tanis merkte, wie sein Gesicht erst blaß, dann rot wurde. Mit dem schwächeren Arm zu schießen, das war, als würde Porthios sagen, er könnte den Halbelfen mühelos besiegen. Er schien kaum zu zielen, bevor der rot gefiederte Pfeil fest im Drachenauge steckte.

»Zehn Punkte für den reinblütigen Elfen!« verkündete Tyresian.

Die nächste Runde erbrachte das gleiche Ergebnis, so daß es für Porthios und Tanis zwanzig zu vier stand.

»Es ist noch nicht zu spät zum Aufgeben«, sagte Porthios leise, als er Tanis nach dem zweiten Drachenauge den Bogen zurückgab. Inzwischen waren Porthios' Freunde still. »Wir könnten die ganze Farce wegen des Regens abbrechen.«

Seine Worte trafen ebenso wie der Regenguß, der auf das Moos um die beiden Gegner prasselte. Selbst Tyresian war zu einem Pavillon gegangen. Nur die beiden Widersacher waren in dem Unwetter geblieben. Der Halbelf trat wieder an die Linie.

In der dritten Runde zischte Tanis' Pfeil durch den Regen auf die Zielscheibe zu – und daran vorbei, wobei er ein Stück Stein aus der Mauer dahinter schlug.

»Minus zehn!« verkündete Tyresian. »Der Punktestand lautet: Tanthalas Halbelf, minus sechs auf drei. Porthios, zwanzig auf zwei.«

Porthios seufzte, und seine Handbewegung signalisierte, daß er den Wettkampf viel lieber abbrechen würde. »Na los«, sagte Tanis. »Schieß.«

Porthios schoß immer noch mit der linken Hand und nahm sich diesmal noch weniger Zeit. Sein Pfeil beschrieb einen hohen Bogen und traf das Ziel eine Handbreit von der Mitte entfernt. Er schien Tyresians Ruf kaum zu hören: »Fünf Punkte. Jetzt steht es minus sechs für den Halbelfen zu fünfundzwanzig für Porthios.«

»Du kannst überhaupt nicht mehr gewinnen«, drängte Porthios. »Laß uns doch aufhören.«

Tanis merkte, wie sein Kiefer hart wurde, und Porthios sah beiseite, als der Halbelf noch exakter zielte als bisher, sich genau auf das konzentrierte, was er tat und sich einen erfolgreichen Treffer ins Drachenauge vorstellte. Tanis schloß die Augen und forderte die Götter auf, ihm diesmal beizustehen. Er dachte an die verächtlichen Blicke von Xenoth, Selena und dem Rest und fühlte den Ärger in sich aufbrodeln. Da kniff er die Augen gegen den Regen zusammen, zielte genau und ließ den Pfeil lossausen.

Das Geschoß mit den kobaltblauen Federn beschrieb einen leichten Bogen, und Tanis sank das Herz.

Dann senkte er sich wieder und traf sauber ins Drachenauge.

»Zehn Punkte! Damit steht es bei plus vier für Tanis gegen fünfundzwanzig für Porthios.«

Porthios lehnte ab, als Tanis ihm den Bogen hinhielt. »Laß es gut sein, Halbelf. Es ist ein neuer Sport für dich. Laß es gut sein.«

Einen Augenblick lang hätte Tanis fast dem Mitgefühl nachgegeben, das wieder in Porthios' grünen Augen aufkeimte. Plötzlich war er sich schmerzhaft seiner Umgebung bewußt – der nasse Pflanzengeruch des feuchten Mooses, der Duft der

Äpfel, die unter einem nahen Baum lagen, das leise Tschilpen eines Sperlings, der sich in einem Busch vor dem Sturm versteckt hatte.

Dann meldete sich Tyresian zu Wort. »Vielleicht hätten wir eine ›menschlichere‹ Sportart als den Bogen wählen sollen, Halbelf.« Tanis merkte, wie der Zorn wieder in ihm hochstieg.

»Schieß, Porthios«, fauchte er. »Oder gib dich geschlagen.«

Porthios war die Scharade offensichtlich leid. Er erhob die Arme und sah nur mit halbem Auge zum Ziel, als er tat, was Tanis verlangte. Der Pfeil ging mehr als zehn Schritte am Ziel vorbei.

»Endstand: Porthios ist Sieger mit fünfzehn Punkten. Vier Punkte insgesamt für den Halbmenschen, der sein Können in einem Elfensport beweisen wollte«, konstatierte Tyresian. Damit drehte er sich auf dem Absatz um und ging in Richtung Palast.

Selbst Selena und Litanas verschlug es bei dem Gift in Tyresians Worten die Sprache, aber sie folgten Tyresian zu den Stahltüren, die matt durch den grauen Regenguß schimmerten. Nur Ulthen erhob Einspruch. »Unfair, Lord Tyresian«, beschwerte er sich. »Er hat sein Bestes gegeben.«

Tyresians Antwort kam prompt. »Und das hat nicht gereicht, oder?«

Während der Hof sich leerte, stand Porthios unsicher vor Tanis, anscheinend ohne das Unwetter wahrzunehmen, das die Zweige der Bäume wie Schilfgras bog. So etwas wie Scham zeichnete sich auf dem Raubvogelgesicht des Elfenlords ab. »Tanis, ich …«, sagte er, ohne weiterzureden.

Tanis sagte kein Wort, sondern bückte sich bloß betont nach seinem weggeworfenen Bogen. Dann lief er zur Mauer, um die blauen und roten Pfeile wiederzuholen, deren Federn von dem Schlamm verschmutzt waren, der sich zwischen den Moospolstern bildete.

»Tanis«, wiederholte Porthios, und sein Gesicht verriet auf

einmal die Charakterstärke, die er als Stimme besitzen würde, wenn er sie nur wachsen ließ.

»Ich fordere Revanche«, unterbrach ihn Tanis.

Porthios klappte der Unterkiefer herunter, und seine Oberlippe verzog sich, als würde er seinen Ohren nicht trauen. »Bist du verrückt, Tanthalas? Du bist erst dreißig, und ich achtzig. Diese Farce war mir jetzt schon peinlich genug. Um Himmels willen, würdest du dich denn mit Laurana messen wollen? Und dieser Witz hier ist für mich nichts anderes.«

Tanis verstand Porthios absichtlich falsch. »Für dich ist es vielleicht witzig, Porthios. Mir ist es todernst. Ich fordere Revanche.«

Porthios ließ resignierend die Schultern hängen. »Es regnet, Tanis. Ich will nicht noch einmal mit dir um die Wette schießen …«

»Keine Bogen«, beharrte der Halbelf. »Fäuste.«

»Wie?« fauchte der Elfenlord. Tanis konnte die Gedanken seines Vetters fast hören: Was für eine menschliche Methode, einen Streit zu entscheiden.

Alle Zuschauer bis auf Lord Xenoth waren reingelaufen, um sich trockene Kleider und Glühwein zu holen. Xenoth jedoch hing bei der Tür herum. Möglicherweise interessierte ihn der scharfe Tonfall ihrer Stimmen. Mit seinem widerspenstigen, weißen Haar, den geschürzten Lippen und der Silberrobe wirkte der alte Berater, wenn er so die Hände vor der Brust faltete, wie eine alte Angorakatze, der schon ein paar Zähne fehlen, die aber immer noch neugierig ist.

Schön, dachte Tanis. Du willst der Stimme etwas erzählen? Das sollte reichen.

Und er schlug Porthios ins Gesicht.

Eine Sekunde später lag der Erbe der Stimme lang auf dem Rücken im Matsch. Auf Porthios Gesicht erschien ein verblüffter und entsetzter Ausdruck, der unter anderen Umständen komisch gewesen wäre. Der Regen wusch die Farben seiner langen Seidentunika aus, so daß kleine gelbe, grüne und blaue Bäche über die Arme des Elfenlords rannen. Er sah aus, als wäre er wirklich gelb vor Überraschung, und Tanis fing schallend an zu lachen.

... und fand sich selbst an einem kleinen Pfirsichbaum wieder. Es war, als hätte man ihn kopfüber in ein gewaltiges Stachelschwein aus dem Düsterwald geworfen. Die Zweige zerkratzten ihm das Gesicht, er hörte kleine Äste brechen und fühlte, wie Früchte auf ihn plumpsten, weil er sie losschlug. Der Geruch zermanschter Pfirsiche stieg ihm in die Nase.

Der Kampf hatte begonnen. Porthios verteidigte sich nur, während Tanis die reine Wut vorantrieb. Der ältere, schnellere Porthios konnte Tanis austricksen. Aber das Menschenblut des Halbelfen verlieh Tanis eine Kraft, dic dem schlanken Elfenlord fehlte. Obwohl Porthios den Halbelfen anfangs im Griff hatte, merkte Tanis daher bald, daß sich das Kampfglück ihm zuwandte.

»Kinder! Kinder!« Die neue Stimme durchdrang den Nebel der Wut, der Tanis' Gehirn durchzog. Das kochende Blut in Tanis' Ohren beruhigte sich einen Moment lang, und der Halbelf sah hinüber zu Lord Xenoth. Der alte Ratgeber hüpfte hysterisch zwischen Porthios und Tanis herum. Keiner der drei achtete mehr auf den Regen, der sie weiterhin durchnäßte. Porthios' Tunika hatte eine häßliche, grünlichgelbe Farbe angenommen und war vorne vom Schlüsselbein bis zum Bauch aufgerissen. Aus dem Mund des Elfenlords lief etwas Blut, und ein Auge begann zu schwellen. Xenoths Mantel war mit Matsch bespritzt. Tanis sah an seinen eigenen Kleidern hinunter. Ein matschverklumpter Mokassin lag an der einen Bank, die helle Farbe seiner Hose war unter einem Mantel aus Schlamm verschwunden, und der Bogen – die Waffe, mit der das alles angefangen hatte – lag zerbrochen zu seinen Füßen. Trotz der Blutflecken auf seinem Hemd hatte er jedoch offenbar nur kleinere Beulen und Kratzer davongetragen.

Dann stockte Tanis der Atem. Auf dem Granitweg entdeckte er Flints Spielzeug. Es war zerbrochen.

Während der keuchende Ratgeber Porthios in den Palast half – wobei er kreischte: »Du wirst noch davon hören, Halbelf!« –, fiel Tanis auf die Knie und sammelte zärtlich die Einzelteile des Spielzeugs auf. Ein Fisch war heil geblieben, aber die dünne Kette, die ihn an dem Querbalken befestigt hatte, war gerissen. Der Querbalken selbst fehlte. Und der Ständer – die Nachbildung eines steinigen Flußbetts – war mitten entzweigebrochen. Er sammelte die Stücke zusammen, fand dann noch den Querbalken in einer Pfütze fünf Schritte weiter und wickelte alles in den Vorderzipfel seines Hemds.

Tanis sah auf. Die Tür war hinter Xenoth und Porthios zugefallen, und er stand allein in dem grauen Hof.

Es schüttete immer noch vom Himmel.

Die Stimme der Sonne marschierte eilig den Korridor entlang, wobei sich der waldgrüne Mantel wie eine bizarre Sturmwolke hinter Solostaran aufblähte und der goldene Saum wie ein Blitz zuckte. Doch es war das Funkeln seiner Augen, bei dem die erschrockenen Diener und Höflinge rasch auswichen, wenn er auf seinem Weg zu den Gemächern der Familie im Palast an ihnen vorbeikam. Alle wußten aus Erfahrung, daß einiges dazu gehörte, die Stimme wütend zu machen, aber Gnade den Unglückseligen, die ihm im Weg standen, wenn er wirklich einmal zornig war.

»Tanis!« rief er streng, als er die Tür zum Schlafzimmer des Halbelfen aufstieß. »Tanthalas!«

Das Zimmer wurde nicht von einer Lampe erleuchtet, doch im roten Licht von Lunitari, das durch ein Fenster hereinströmte, sah er, wie sich eine Gestalt auf dem Bett regte.

»Tanthalas«, wiederholte Solostaran.

Die Gestalt setzte sich auf. »Ja«, ertönte es bleiern – flach, schwer, unbewegt.

Die Stimme schlug Feuer und zündete eine kleine Lampe an. Er sah zu der zusammengesunkenen Gestalt auf dem Bett und hielt die Luft an.

Auf der blassen Haut von Tanis' Gesicht und Armen zeichneten sich Blutergüsse und Schorfkrusten ab. Tanis verlagerte sein Gewicht, atmete rasch ein, hielt sich die Seite und richtete sich dann mit einem Ruck auf.

Mit den Jahren hatte Solostaran es gelernt, seine Gefühle hinter der kühlen Maske zu verbergen, die er bei Hof präsentierte. Dieses Training kam ihm jetzt zugute, als er sah, wie sein adoptierter Neffe, den er so liebte, um einen gleichgültigen Ausdruck kämpfte – als würden Beulen und Schrammen zum Alltag gehören.

Die Stimme blieb stehen und sagte kalt: »Um fair zu sein, teile ich dir mit, daß Porthios jede Erklärung zu dem Vorfall verweigert. Und anscheinend hat er alle anderen da draußen – erstaunlicherweise selbst Lord Xenoth – so eingeschüchtert oder beschwatzt, daß auch sie Stillschweigen bewahren. Kannst *du* mir vielleicht verraten, was sich heute im Hof abgespielt hat?«

Die Gestalt auf dem Bett blieb stumm. Dann blickte Tanis auf seinen Schoß und schüttelte den Kopf.

Die Stimme fuhr ungerührt fort. »Irgendwie überrascht mich dein Schweigen nicht, Tanthalas. Und ich werde dich nicht zum Reden zwingen – falls ich das überhaupt könnte. Das scheint etwas zu sein, was ihr zwei unter euch ausmachen müßt. Aber ich will dir eines sagen.« Er brach ab. »Hörst du mir zu?«

Die Gestalt nickte, sah aber nicht auf.

Die Stimme sprach weiter. »Gut. Dann laß mich dir eines sagen: So etwas kommt mir nicht noch einmal vor. Hast du verstanden? Ich werde es nicht dulden, daß mein Sohn und mein ... Neffe sich im Dreck wälzen wie ... wie ...«

»Wie Menschen«, beendete Tanis leise den Satz. Die Worte hingen in der Nachtluft.

Solostaran seufzte und suchte nach einem anderen Weg, es auszudrücken. Dann beschloß er, daß Direktheit vielleicht das Beste war. »Ja, wenn du so willst. Wie Menschen.«

Die Gestalt auf dem Bett wartete noch ein paar Sekunden ab, und nickte dann wieder. Solostaran kam näher. Tanis hatte etwas in der Hand. Einen geschnitzten Holzfisch? Der Stimme kam ein schlimmer Verdacht.

»Jetzt sag bloß, ein kaputtes Spielzeug war an allem schuld«, meinte er.

Als Tanis nicht anwortete, seufzte Solostaran und wandte sich zum Gehen. »Ich werde Miral herschicken, damit er dich einsalbt. Schlaf ein bißchen.« Sein Ton wurde freundlicher. »Soll ich dir irgend etwas oder irgend jemand holen lassen, Tanthalas?«

Tanis flüsterte die Antwort kaum hörbar, und die Stimme konnte die Worte kaum verstehen.

»Flint Feuerschmied.«

Kapitel 6

Ein neuer Freund

Du kannst das da drüben beim Schmelzofen hinschmeißen, Junge«, sagte Flint, während er sich einen Weg durch den Laden bahnte.

Mit einem erleichterten Stöhnen ließ Tanis den schweren Sack fallen. Er plumpste auf den Boden.

»Das war nicht wörtlich gemeint«, knurrte Flint den offensichtlich erschöpften Elfen an, als er selbst vorsichtig den Sack absetzte, den er auf der Schulter gehabt hatte.

»Entschuldigung«, sagte Tanis müde und rieb sich seinen schmerzenden Arm.

Die beiden waren gerade vom Erzholen zurück, obwohl sich

Tanis jetzt fragte, wie es dem Zwerg eigentlich gelungen war, ihn dazu zu überreden. Vor ein oder zwei Stunden, im Schein der frühen Morgensonne, war Flint mit leeren Säcken in der Hand nach Süden aus der Stadt marschiert. Nach einem angenehmen Spaziergang von einer Meile war der Wald einer Felsnase gewichen, die mit rostig aussehenden Steinen übersät war, nach Flints Auskunft Eisenerz. Zehn Minuten später hatte Tanis schon unter dem Gewicht der Last getaumelt, die der Zwerg ihm aufgeladen hatte.

»Wäre es nicht einfacher, dafür ein Packpferd mitzubringen?« hatte Tanis durch zusammengebissene Zähne gefragt.

»Ein Pferd?« hatte Flint naserümpfend gemeint. »Bist du noch bei Trost? Bei Reorx! Kein Zwerg, der seine sieben Sinne beisammen hat, würde einem verrückten Tier zutrauen, sein Erz zu tragen.«

Tanis wußte, daß es wenig Sinn hatte, mit dem Zwerg zu streiten. Flint hatte seinen Sack geschultert – der fünfmal soviel Erz enthalten mußte wie der von Tanis –, als wäre er voll Federn, und war zur Stadt zurückgelaufen. Tanis war ihm stolpernd gefolgt, so gut er konnte, und hatte sich die ganze Zeit geschworen, nächstes Mal auf der Hut zu sein, wenn Flint »einen netten, kleinen Spaziergang« vorschlug.

Tanis und Flint hatten sich fast jeden Tag gesehen, seitdem die Stimme den Zwerg vor einer Woche spätabends noch zu einem Besuch des Halbelfen hatte holen lassen. Sie hatten sehr wenig über wichtige Dinge geredet, nur über das Wetter und Solace und Schmieden und Schnitzen, aber Tanis, der etwas verhauen aussah, schien Trost aus dem Treffen zu schöpfen. Inzwischen waren die Spuren des Faustkampfes dem Halbelfen kaum noch anzusehen, aber die Kluft zwischen ihm und dem Erben der Stimme würde sich nur sehr langsam schließen.

»Und wie verwandelst du diese Steine in Eisen?« fragte Tanis jetzt, als der Zwerg die schwere Abdeckplatte von dem Schmelzofen hinter seinem Laden entfernte.

»Das lernt man nur, indem man es macht«, erklärte ihm Flint. »Das jedenfalls hat der Vater meines Vaters, der alte Regar Feuerschmied, immer gesagt. Sagte meine Mutter jedenfalls immer.«

Der Schmelzofen war rund, so hoch wie der Zwerg und bestand aus vom Feuer geschwärzten Lehmziegeln. Der Boden war trichterförmig mit einem kleinen Loch, worunter ein helmgroßer Schmelztiegel stand. Nach Flints Anweisungen füllte Tanis den Ofen zur Hälfte mit Schichten aus Eisenerz, Steinkohle und kreideartigen Felsstücken, die Flint Kalkstein nannte. Durch eine kleine Tür am Boden des Schmelzofens zündete Flint die Kohle an. Dann half Tanis ihm, den Deckel wieder aufzusetzen.

»Was jetzt?« fragte Tanis.

»Wir warten«, meinte Flint, der sich die rußigen Hände abstaubte. »Wenn die Kohle schließlich richtig heiß ist, schmilzt das Eisen aus dem Stein, läßt die Schlacken zurück und tropft in den Schmelztiegel. Aber das dauert gut einen Tag, also können wir uns jetzt getrost anderen Dingen widmen.«

Flint zeigte Tanis, wie das Eisen aussehen würde, wenn es in der Schale aufgefangen war: ein schwerer, schwarzer Klumpen, den er »Schweineeisen« nannte, auch wenn Tanis fand, daß er überhaupt keine Ähnlichkeit mit einem Schwein hätte.

»Und da draus machst du Schwerter und Messer?« fragte Tanis, woraufhin Flint schallend lachte.

»Du brauchst doch ein paar Lektionen, was das Schmiedehandwerk angeht, Bursche«, war sein Kommentar.

»Ich?« fragte Tanis. Er hatte dem Zwerg bei der Arbeit am Amboß zugesehen und wußte, wieviel Kraft und Willen Flint aufwandte, um das Metall in die gewünschte Form zu zwingen. Wie sollte Tanis jemals etwas so Hartes wie Eisen dazu bringen, das zu tun, was er wollte?

Das Funkeln in Flints Augen verriet Tanis, daß Widerspruch zwecklos war. Aufmerksam lauschte der Elf dem Zwerg, als dieser ihm erklärte, daß Schweineeisen zu brüchig war für eine gute Klinge. Es mußte noch einmal geschmolzen werden. Flint zeigte Tanis, wie das ging. Er legte das Schweineeisen in einen Schmelztiegel und plazierte es mitten in den Kohlen der Feuergrube, die sich neben seinem schweren Eisenamboß befand. Tanis mußte die Blasebälge treten, bis die Kohlen wie flüssige Edelsteine leuchteten. Als das Eisen schmolz, entwichen schwarze Rauchkringel. Beim Abkühlen würde es Schmiedeeisen sein, erläuterte Flint, und damit nicht halb so brüchig wie Schweineeisen.

»Aber wenn es zu weich ist, gibt es doch unmöglich ein gutes Schwert«, wandte Tanis ein.

Flint nickte. Mit einer schweren Zange hielt er den Klumpen Schmiedeeisen in die Kohlen, bis er glühend heiß war. Dann legte er ihn auf den Amboß und besprenkelte ihn mit einem feinen, schwarzen Staub, der fast wie Kohlenstaub aussah, nur viel mehr glänzte. Flint nannte ihn ›Atem von Reorx‹.

»Weißt du, vor langer Zeit«, erzählte Flint, »da hat einmal ein böser Lehnsherr seinem Schmied befohlen, ein Eisenschwert zu schmieden, das nie stumpf werden würde. Wenn der Schmied versagte, sollte er zum Tode verurteilt werden. Die Aufgabe erschien unmöglich, doch der Schmied war ein Liebling von Reorx, und der Gott blies über das weiche Eisenschwert des Schmieds, wodurch es stark und hart wurde, so daß seine Schneide lange heil und unversehrt bleiben würde.«

Flint begann, den glühenden Metallklumpen mit dem Hammer flachzuschlagen. Wieder erhitzte er ihn in den Kohlen, streute mehr von dem schwarzen Staub darüber und hämmerte dann weiter. Das wiederholte sich einige Male.

»Was wir jetzt haben«, sagte Flint befriedigt, als er den heißen Metallklumpen mit der Zange hochhielt, »ist ein Metallstück, das hart und stark ist, aber nicht so brüchig, daß es leicht kaputtgeht. Das ist Stahl, Tanis.«

Tanis betrachtete das glühende Metall mit neuen Augen.

Gold war schön, und Elfen liebten Silber, doch in diesen finsteren Zeiten war Stahl das Wertvollste auf Krynn.

»Was machst du jetzt damit?« fragte Tanis.

»Ich mache gar nichts damit«, gab Flint zurück. »Du machst.«

»Ich kann keinen Stahl schmieden!«

»Konnte ich auch nicht, bis ich es versuchte«, sagte Flint barsch und drückte Tanis einen schweren Hammer in die Hand.

Offenbar gab es keine Ausrede. Tanis seufzte. Als erstes mußte er sich entscheiden, was er herstellen wollte, aber das war noch das Leichteste. Er wünschte sich schon lange ein Jagdmesser wie das von Porthios.

Der Zwerg führte seine Hände und zeigte Tanis, wie er den Stahl erhitzen mußte und wie er mit dem Hammer zuschlagen sollte, damit keiner der heißen, wegspringenden Funken seine Hand traf.

»Du sollst nicht einfach darauf eindreschen, Junge«, mahnte Flint. »Es sind gleichermaßen dein Wille und dein Arm, die den Stahl in Form bringen. Stell dir das fertige Stück vor. Und dann schlag zu und sieh, was passiert.«

Tanis befolgte die Anweisungen, wobei er darüber nachdachte, wieviel leichter es doch war, von Flint und Miral zu lernen als von Tyresian. Das Messer begann, Gestalt anzunehmen.

Tanis fühlte Wärme in seinem Arm und in seiner Brust aufsteigen. Das ist nur die Hitze der Esse, sagte er sich, aber irgendwie wußte er, daß das nicht stimmte. Vielleicht verstand er jetzt ein wenig von dem, was Flint empfand, wenn er hier am Amboß stand, eine Klinge in einem leblosen Klumpen Metall erahnte und sie mit Feuer und Hammer, mit Herz und Verstand, herausholte.

»Jetzt lösch es, solange es noch rotglühend ist«, sagte Flint, und Tanis tauchte den dünnen, spitzen Stahlstreifen in das halbe Faß Wasser, das am Amboß stand. Dampf stieg zischend auf und leuchtete rot im Licht des Schmelzofens. »Löschen härtet das Metall«, erläuterte Flint.

Tanis zog den rauhen, schwarzen Stahl aus dem Wasser und betrachtete ihn kritisch. »Das sieht aber nicht so ganz aus wie ein Messer.«

»Unsinn«, knurrte Flint. »Dein Messer ist da drin, ganz sicher. Es muß nur noch poliert und am Wetzstein geschärft werden. Mach das und binde ein Heft daran, dann wirst du schon sehen.«

Da grinste Tanis. Das Stück Stahl sah etwas schief aus und war nicht ganz flach, aber es würde *sein* Messer sein. »Danke, Flint«, sagte er, doch der Zwerg schüttelte den Kopf.

»Du hast es gemacht, nicht ich«, erwiderte Flint.

Flint dachte nach. Die Herbsttage wurden kürzer. Das Laub der Espen glänzten in der Sonne wie Gold, das der Eichen wie gehämmertes Kupfer. Mehr als einmal hatte die Sonne morgens schon Reif auf Gras und Bäumen zum Funkeln gebracht. Aber später schmolz der Reif, die Sonne löste den feuchten Nebel auf, und am Nachmittag war die Luft trotz des warmen Lichtes kühl.

Hinter Flints Laden stand ein moosbewachsenes Mäuerchen, und dahinter erstreckte sich eine kleine Wiese, die an einem Wäldchen aus Espen und Pinien endete. Im Gegensatz zu den zahllosen Gärten und Höfen von Qualinost kümmerte sich niemand um die Wiese und den Hain. Scheinbar war es ein Rest des Waldes, noch aus der Zeit, als Kith-Kanan sein Volk nach Qualinesti geführt hatte. Sie erinnerten daran, daß es einst keine Stadt und keine Elfen gegeben hatte, sondern nur den tiefen, dunklen Wald und die Musik des Windes.

Manchmal machte Flint eine Pause, trat aus der verrauchten Hitze der Schmiede und setzte sich hier auf die Mauer, um die klare Luft einzuatmen, während seine stämmigen Beine über den Rand baumelten. Der Hain hinter der Wiese ließ ihn oft an seine Reise von Solace hierher denken, quer durch den Wald von Qualinesti, und wieder einmal fragte er sich, ob er nicht bald aufbrechen sollte. Noch ist es hell und warm, Flint, sagte er zu sich, aber der Winter steht vor der Tür, so sicher, wie Stahl hart ist. Und auch wenn er hier in den Wäldern bestimmt nicht so rauh ist, wird das woanders nicht so sein, und wenn du verrückt genug bist, es dann zu versuchen, könntest du erfrieren, lange bevor du Solace erreichst.

Aber jedesmal schien es noch eine einzige Sache zu geben, die er erledigen mußte, bevor überhaupt nur an die Abreise zu denken war. Er hatte Lady Selena einen Satz Trinkkelche versprochen, die wie vergoldete Tulpenblüten aussehen sollten. Allein daran hatte er vierzehn Tage gearbeitet, doch als er damit fertig war, mußte er gleich eiligst zwei ausgefallene Hochzeitsketten anfertigen, die er einem jungen Adligen versprochen hatte, der unbedingt einem Elfenmädchen den Hof machen wollte. Und dann betrat der Hauptmann der Wache der Stimme den Laden, dessen Langschwert einfach kein Gleichgewicht hatte, und die Elfenschmiede konnten es angeblich nicht reparieren. Für Flint war das Problem so offenkundig – der dekorative Handschutz am Heft hatte das Gleichgewicht völlig verändert –, daß er seine Selbstachtung verloren hätte, wenn er sich geweigert hätte zu helfen. So sicher, wie sein Bart wuchs, kamen die Aufträge.

Bis auf ein paar neue Kleider, Geschenk der Stimme, sah Flint praktisch noch genauso aus wie an dem Tag, als er Qualinost zum ersten Mal betreten hatte. Seine schweren Stiefel mit den Eisensohlen hatte er allerdings gegen ein paar aus weichem, grauem Leder eingetauscht, und obwohl seine Füße immer noch doppelt so groß waren wie die der Elfen, donnerten jetzt wenigstens seine Schritte nicht mehr so laut.

Und seine Kleider ... Grün war eigentlich nicht Flints Farbe, doch der Schneider, den die Stimme ihm vor vier Tagen geschickt hatte, hatte mit der Zunge geschnalzt und den Kopf geschüttelt, als Flint rostrote Wolle für seine neue Herbstgarderobe wählte. Der alte Elf bestand auf Smaragdgrün, obwohl Flint protestierte, weil ihm das zu grell war. Bei der Anprobe schließlich hatte der alte Schneider in die Hände geklatscht.

»Das steht Euch hervorragend, Meister Feuerschmied!« hatte er ausgerufen.

»Findet Ihr?« hatte Flint gefragt, der sich stirnrunzelnd in dem polierten Silberspiegel betrachtete.

»Aber ja«, antwortete der Schneider mit fester Stimme. »Ihr seht wirklich umwerfend aus.«

»Das stimmt, Flint«, hatte Tanis aus der Ecke zugestimmt.

Umwerfend? hatte Flint gedacht, als er sein Spiegelbild kritisch begutachtete und dann über sich selber grinsen mußte. »Na ja, dann leg ich doch gleich mal los«, hatte er gesagt. Tanis hatte gelacht.

Jetzt rannte der Halbelf mit seinem wehenden rotbraunen Haar um die Ecke von Flints dunklem Geschäft – das im Vergleich mit den benachbarten Elfenhäusern eher einer Hütte glich.

»Ich Glücklicher. Gesellschaft«, schnaubte Flint, auch wenn er lächeln mußte. »Wo ist denn der Frechdachs Laurana? Ich bin überrascht, daß sie dich nicht zu irgendwelchen Tobereien oder so entführt hat.«

»Hat sie versucht«, meinte Tanis. Er pflückte zwei Äpfel von einem überladenen Baum, warf den besseren Flint zu, suchte sich ein bequemes Plätzchen auf der Mauer und schloß die Augen, damit das Sonnenlicht seine Lider wärmte. Überrascht bemerkte Flint, daß Tanis trotz der etwas spitz zulaufenden Ohren und der leichten Schlitzaugen so, wie er da saß, einem menschlichen Kind sehr ähnlich sah. Das ließ den Zwerg wieder an Solace denken, und er fühlte so etwas wie Heimweh.

»Mir war heute nicht nach Spielen«, fuhr Tanis fort. »Außerdem war Gilthanas auch da, und ich glaube nicht, daß er mich dabeihaben wollte.«

»Pah«, sagte Flint, schmiß den Apfelrest über die Schulter und wischte sich die Hände am Bart ab. »Ich bin sicher, daß Lauranas Bruder nicht so denkt.«

Tanis schaute den Zwerg an und sagte ernst: »Er will nichts mehr mit mir zu tun haben. Ich dachte immer, er wäre wie mein eigener Bruder, aber jetzt will er anscheinend nur noch Porthios nacheifern. Und Porthios hat sich mir gegenüber nie wie ein Bruder verhalten.«

Die schroffen Züge des Halbelfen verdüsterten sich. Flint seufzte und legte Tanis seine Hand auf die Schulter. »Hör mal, Junge«, sagte er leise, »manchmal weiß man nicht, warum Leute so sind, wie sie sind. Aber nimm ihnen das nicht übel. Ich bin sicher, es wird sich alles klären.«

»Ich habe eine Vermutung, warum er sich so verhält«, sagte Tanis, führte das aber nicht näher aus. Und Flint spürte, daß es Dinge im Leben des Halbelfen gab, die er mit niemanden teilen wollte, und sagte nichts weiter. Natürlich hatte Flint Laurana die Geschichte mit dem Kampf von Porthios und Tanis aus der Nase gezogen – nur die Götter wußten, wie sie das herausbekommen hatte –, aber der Zwerg hatte seinem neuen Freund nie offenbart, daß er darüber Bescheid wußte.

Sie genossen eine Weile die Sonne, bis Tanis Flint irgendwann bat, ihm mehr über den Rest der Welt und über Solace zu erzählen. Das tat er häufig. Der Junge schien von solchen Gedanken nie genug zu bekommen.

»Aber was hast du gemacht, nachdem die vier Räuber die Wachen überwältigt hatten?« fragte Tanis. Flint erzählte gerade von dem Tag, als eine Räuberbande im Wirtshaus »Zur Letzten Bleibe« Ärger gemacht hatte.

»Tja, ich sage dir, Junge, es sah wirklich finster aus. Also nahm ich den Hammer in die Hand«, er umfaßte nachdrücklich einen Stock, »und dann habe ich ... äh ... und dann ...« Flint war sich plötzlich bewußt, daß Tanis mit leuchtenden Augen an seinen Lippen hing.

»Und dann was, Flint?« fragte Tanis aufgeregt. »Hast du mit allen vieren auf einmal gekämpft?«

»Nun, äh, nicht so richtig«, sagte Flint. Irgendwie klang die ganze Sache besser, wenn er sie nach ein paar Krügen Bier erzählte. »Weißt du, da stand dieser Krug auf dem Boden rum, und, hm, weil es doch dunkel war und ich wirklich nicht aufpaßte, wo ich hintrat ...«

»Du bist gestolpert«, sagte Tanis. Ein Lächeln erhellte sein Gesicht.

»Ich bin ganz bestimmt nicht gestolpert!« Flint brüllte fast. »Ich wurde ohnmächtig, und mein Hammer erwischte den Anführer der Räuber mitten auf der Stirn, genau so.« Er schlug mit dem Stock auf einen halbverfaulten Apfel. Der Apfel platzte, so daß der Saft spritzte und Tanis eine wirklich bildhafte Vorstellung bekam.

»Das ist toll!« sagte Tanis, doch Flint schnaubte, als ob das gar nichts wäre.

»Manchmal wünsche ich mir, ich wäre in Solance zur Welt gekommen«, sagte Tanis jetzt leise, während er nach Norden schaute, in die Ferne, wo Solace lag. Er warf seinen Apfelrest weg und verabschiedete sich von Flint.

Wie es die Stimme voller Hoffnung erwähnt hatte, als der Zwerg erstmals in Qualinost aufgetaucht war, waren Flint und die Stimme erstaunlicherweise in den letzten Monaten wirklich Freunde geworden. Hätte jemand Flint vor einem halben Jahr erzählt, daß er ein Freund des Elfenherrschers von Qualinesti werden würde, so hätte er dem Kerl für diesen Witz sofort ein Bier spendiert. Obwohl Welten zwischen dem großen, majestätischen Elfenlord und dem kleinen, geradlinigen Zwerg lagen, besaßen beide eine Offenheit, die es ihnen leicht machte, die Kluft zwischen ihnen zu überbrücken.

Und so spazierte Flint nun Seite an Seite mit der Stimme durch die Gärten des Palasts und redete über ferne Länder und

Zeiten oder saß bei offiziellen Anlässen an der Tafel zur Rechten der Stimme. Manche Höflinge grollten deswegen, doch Flint wurde bald klar, von wem Porthios und Laurana ihre Starrköpfigkeit geerbt hatten.

In den letzten Wochen ließen die Leibwachen im Vorzimmer der Stimme, auf deren Brustschilden das Wappen von Sonne und Baum aus Silberdraht prangte, Flint sogar bereits ohne weitere Kontrolle eintreten. Sie begrüßten ihn grinsend und winkten ihn weiter, damit er selbst an die Tür zum Glaswandzimmer klopfen konnte. Und die Kammerdiener der Stimme hatten strikte Anweisung, die Silberschale auf dem Tisch der Stimme stets mit jenen Trockenfrüchten und kandierten Nüssen zu füllen, die der Zwerg besonders liebte. Heute fiel die Herbstsonne durch die Fenster auf den frischen, grünen Farn, mit dem man den Boden bestreut hatte, und das Licht im Raum war sanft wie auf einer Waldlichtung.

Solostaran drückte seine Hoffnung aus, daß Tanis nicht zur Last würde, wenn er Flint sooft besuchte.

»Pah«, sagte Flint. »Ich kann mir nicht vorstellen, was so großartig daran sein soll, mit einem übellaunigen Zwerg wie mir in einer verräucherten Schmiede herumzuhängen. Aber mach dir keine Gedanken um Tanis. Das ist ein guter Junge.«

Die Stimme lächelte und nickte. »Ja, das denke ich auch.« Damit stand er auf, ging zum Fenster und schaute in die Ferne, als würde er über etwas nachdenken. Dann drehte er sich um. »Tanis bedeutet mir sehr viel, Flint, und ich glaube, er ist auch dein Freund.

Ich weiß, daß du von den Umständen seiner Geburt gehört hast, wie mein Bruder Kethrenan von einer Bande menschlicher Diebe umgebracht und seine Frau Elansa mißbraucht wurde.« Er seufzte. »Aber ich glaube nicht, daß du verstehst, wie schlimm diese Zeit wirklich war. Die Monate, in denen Elansa das Kind in sich trug, waren, als wäre sie schon tot. Sie wirkte verloren. Und nachdem sie ihn geboren hatte, starb sie.

Aber Tanis war der Sohn der Frau meines Bruders. Ich konnte mich nicht von ihm abwenden.«

Es hörte sich so an, als würde die Stimme mit jemandem streiten, der Einwände geltend machte. »Also brachte ich ihn hierher zu mir, um ihn wie mein eigenes Kind großzuziehen.«

Er seufzte und setzte sich wieder Flint gegenüber hin. Flint zupfte an seinem Bart. Das war eine böse Geschichte. »Es gab Leute, denen meine Entscheidung egal war«, erklärte die Stimme leise, und Flint schaute auf. »Nicht alle schienen dem Kind die Umstände seiner Geburt vergeben zu können. Ein Kind, Flint – ein kleines Kind! Was konnte es dafür, daß auch Elansa gegangen war?« Eine Spur der alten Kämpfe zuckte über das Gesicht der Stimme.

»Und die, die ihn nicht akzeptierten ...?« fragte Flint sanft.

»Die gibt es immer noch, und wie es bei uns so ist, haben sie sich wenig verändert. Ich bin mir immer noch nicht sicher, wieviel Tanis davon zu spüren bekommen hat – auch wenn ich annehme, daß es einiges gibt, wovon mir der Junge nichts erzählt. Ich kann nur hoffen, daß sein Herz stark genug sein wird, es zu ertragen. Ich fürchte, ich habe ihm keinen großen Gefallen getan, als ich ihn hierherbrachte. Aber verstehst du, warum es so sein mußte, Flint?«

Die Stimme betrachtete den Zwerg eindringlich. Solostarans blonde Haare glänzten in dem hellen Licht. »Trotz des Friedens, den wir uns hier für uns erkämpft haben, waren die letzten Jahrhunderte seit der Umwälzung finstere Zeiten, Zeiten des Umbruchs und Zeiten des Leids. Tanis ist ein Kind dieses Leids. Und wenn ich keine Freude in *sein* Leben bringen kann, wie kann dann das Leid von uns anderen gelindert werden? Das der Elfen, das von Qualinesti?« Die Stimme schüttelte den Kopf und lächelte schief. »Ich fürchte, ich rede zuviel.« Er stand auf, und Flint folgte seinem Beispiel. »Es tut mir leid, daß ich soviel von deiner Zeit in Anspruch genommen habe. Ich wollte dir einfach sagen, daß ich froh bin, daß du Freundschaft mit Tanis geschlossen hast. Ich fürchte, du bist wahrscheinlich der erste, neben meinen Kindern.«

Flint nickte und stapfte zur Tür. Doch bevor er ging, drehte er sich um und betrachtete seinen Elfenfreund nachdenklich. »Danke«, sagte Flint rauh. »Er ist auch einer von meinen beiden ersten.« Damit ging der Zwerg hinaus und schloß die Tür hinter sich.

Dann ging er erste Aufenthalt des Zwergs in Qualinesti schließlich doch seinem Ende zu. Er und Tanis und die anderen standen am Rand der Stadt an dem Bogen, wo die beiden Flüsse zusammenflossen, der Fluß der Tränen und der Fluß der Hoffnung. Der Morgen war kalt und grau, und die Luft war klar und roch nach Schnee.

»Du mußt also wirklich gehen«, stellte Tanis leise fest und blickte über den Abgrund.

»Ja, ich glaube, es wird Zeit«, antwortete Flint. »Wenn ich Glück habe, bin ich noch vor dem ersten Schnee daheim.«

Tanis nickte. »Ich werde dich vermissen«, sagte er endlich.

»Pah!« knurrte Flint. »Höchstwahrscheinlich vergißt du mich innerhalb der nächsten zehn Minuten, möchte ich behaupten.« Aber die wettergegerbte Haut um die Augen des Zwergs legte sich in Falten, und Tanis lächelte.

Der Zwerg verabschiedete sich von der kleinen Gruppe, die sich bei dem Bogen versammelt hatte: sein Freund, die Stimme, und der Zauberer mit der Kapuze, der Laurana davon abhielt, den Rand des Abgrunds zu erkunden. Lord Xenoth glänzte ebenso durch Abwesenheit wie Porthios und seine Freunde. Nachdem er immer wieder versprochen hatte wiederzukommen, folgte Flint seinem Führer über die Brücke, nicht ohne ein paar Flüche über ihre Wackeligkeit auszustoßen.

Mit einem Lächeln und einem Seufzer zog Tanis seinen grauen Mantel fester um die Schultern und drehte sich um, um in die Stadt zurückzugehen.

Kapitel 7

Tod im Wald

A. C. 308, Vorfrühling

Flint haßte Pferde – er behauptete, er wäre dagegen allergisch und würde sie nicht einmal reiten, wenn es um sein Leben ginge – nun, dann vielleicht. Auf jeden Fall klopfte er seinem grauen Maultier Windsbraut den Hals und betrachtete voller Freude die silbernen Espen und dicken Eichen von Qualinesti.

Nach zwanzig Jahren Kommen und Gehen zwischen Solace und dem Sonnenturm war ihm der Pfad nach Qualinost schon beinahe vertraut – was außer den geschulten Führern, die von der Stimme der Sonne beauftragt wurden, Besucher hin- und zurückzubringen, nur wenige Elfen von sich behaupten konnten. Natürlich nahm er gelegentlich die eine oder andere falsche Abzweigung, aber ein Hügelzwerg, der nicht anhand der Zeichen des Waldes seinen Weg finden konnte, war ein schwaches Bild von einem Zwerg, fand er.

Um jedoch die Wahrheit zu sagen, war er sich m Moment nicht ganz klar darüber, wo er sich befand. Er richtete sich auf und bemerkte den schweren Erdgeruch des Waldes. Ein Eichhörnchen keckerte ihn von einer Eiche her an und warf einen Klumpen grüner Blätter auf ihn herunter. Der Zwerg griff mit seinen dicken Fingern zu, schnappte sich das Bündel und warf es zu dem Tier zurück. »Heb dir das auf für dein Nest!« schrie er. »Wenn ich mich nämlich nicht irre, bist du zur Zeit mit Familienpflichten beschäftigt.« Ein weiteres Eichhörnchen erschien auf dem Zweig daneben, und das erste warf dreisterweise noch ein letztes Mal nach dem berittenen Zwerg und schoß dann dem zweiten hinterher.

Flint holte tief Luft. Es war Frühling – Zeit, nach Qualinost aufzubrechen. Als er sich zum ersten Mal, in jenem Herbst nach seinem ersten Aufenthalt in der Elfenstadt, auf den Rückweg nach Solace gemacht hatte, war er in dem Moment in ein Schneegestöber geraten, in dem er die ersten hohen Vallenholzbäume erreichte, die das Dorf Solace in ihren Ästen trugen. Sein Elfenführer war schnell wieder verschwunden, und Flint hatte allein zu seinem kleinen Haus am Boden stapfen müssen. Sein Heim war kalt und leer bis auf eine einzelne Maus, die in der Ecke kauerte.

Das war ein einsamer Winter gewesen, damals vor zwanzig Jahren, trotz des warmen Kamins und der Gesellschaft im Wirtshaus »Zur Letzten Bleibe«. Im nächsten Frühjahr hatte er gemerkt, wie seine Gedanken zu den Wäldern von Qualinost schweiften. Er fragte sich, wie es Tanis wohl ging.

Es verging nicht einmal eine Woche, bis Flint einen Fremden im Wirtshaus »Zur Letzten Bleibe« traf, der sich als Qualinesti mit einer Nachricht der Stimme entpuppte: Flint würde willkommen sein, falls er wiederkommen wollte. Und das tat er. Sein nächster Aufenthalt in Qualinost dauerte über ein Jahr, bis er sich wieder nach menschlicher Gesellschaft sehnte. Mit der Zeit hatte es sich dann so eingespielt, daß er von den ersten Frühlingstagen bis zum allerletzten Herbsttag in Qualinost lebte. Mittlerweile fragte er sich, warum er überhaupt noch in sein freudloses, kleines Haus in Solace zurückkehrte.

Die Stimme der Sonne schickte inzwischen nicht mehr jedes Frühjahr nach dem Zwerg, denn Solostaran wußte, daß Flints Liebe zu Qualinost ihn gen Süden ziehen würde, bis der Zwerg eines Frühlingsmorgens über die Westbrücke der Stadt marschiert käme. Flint mit seiner Höhenangst überquerte die Brücke nie ohne ganze Tiraden von Flüchen, bei denen selbst ein Matrose aus Kargod rot geworden wäre.

Sein Einzug amüsierte die Elfen immer wieder.

Jetzt aber hatte er noch einen mehrstündigen Ritt vor sich. Er stieß die schwer beladene Windsbraut mit den Absätzen in die Flanken, weil er hoffte, sie würde wenigstens einmal ohne Widerspruch losrennen.

Natürlich bockte sie.

Han-Telio Teften hatte eine gute Handelsreise gehabt. Er pfiff vor sich hin und segnete – nicht zum ersten Mal – die Stimme der Sonne, dessen großzügigere Einstellung gegenüber Beziehungen mit Nichtelfen es in den letzten Jahren einfacher gemacht hatte, vom Handel zu leben.

Die braunen Augen des jungen Elfen glänzten, als er zum fünfzigsten Mal auf dieser Reise seine schlanke Hand in die leinenen Satteltaschen steckte, wobei er jedesmal unbewußt den Knoten fester zog, der die Tasche fast geschlossen hielt. Der Pfad wurde breiter, und er ritt mit seinem Pferd auf eine kleine Lichtung, wo er einen kleinen Lederbeutel hervorzog und den Inhalt auf seine Handfläche schüttete. Drei weiße Opale glänzten durchscheinend auf seiner gebräunten, vom Wetter gezeichneten Hand.

»Wunderschön«, flüsterte er. »Und der Schlüssel zu meinem Glück.«

Zur Linken raschelte es im Gebüsch, und mißtrauisch hob er den Kopf. In Qualinesti waren seit Jahren keine Räuber mehr aufgetaucht, aber in den letzten Monaten waren einige Reisende spurlos verschwunden. Nachdem er minutenlang gewartet hatte, ohne daß etwas geschah, bewunderte Han-Telio lieber wieder die Opale und malte sich die herrlichen Dinge aus, die sie ihm einbringen würden.

»Als erstes ein Haus«, überlegte er. »Und Möbel natürlich. Und ein Stück Land für meine Ginevra, wo sie ihre Duftkräuter anbauen kann.«

Dann war da natürlich noch Ginevra selbst, die dunkeläugige Elfin, die versprochen hatte, ihn zu heiraten, sobald er seinen Teil der Hochzeitskosten tragen konnte. Ihr praktisch orientiertes Versprechen hatte ihn dazu angespornt, Monate auf der Straße zu verbringen, um zarten Elfenschmuck, Seidenkleider, Quarzskulpturen und natürlich die beliebten Kräuterheilmittel zu verkaufen. Und jetzt hatte er endlich genug verdient.

Er sah das Wesen nicht gleich. Es war der Geruch, der ihm als erstes auffiel – ein Geruch nach verrottendem Unrat. Der Gestank und das plötzliche Zittern seines Pferdes weckten seine Aufmerksamkeit.

Han-Telio sah auf und merkte, wie seine Glieder bleiern wurden. Keine zwanzig Schritte vor ihm wartete auf dem Pfad ein riesiges, echsenähnliches Wesen. Seine Haut war schlammfarben, von der gleichen Schattierung wie der Pfad hinter ihm. Aus den Augenbrauen der Echse wuchsen armlange Hörner nach hinten. An beiden Vorderfüßen saßen fünf Zehen mit Klauen von der Länge einer Hand. Sein Mund stand leicht offen, so daß bei jedem Ausatmen eine neue Wolke übelriechenden Atems auf den Händler zutrieb. Das Wesen, das einem Drachen ohne Flügel glich, hatte einen verhornten Körper, der viermal so lang war wie ein Elf hoch, und einen nur wenig kürzeren, dünnen, peitschenartigen Schwanz.

»Ein Tylor!« sagte der Händler. Diese Monster waren selbst in den trockenen Regionen, die sie bevorzugten, selten. Noch nie hatte man einen in den Wäldern von Qualinesti gesehen. Und obwohl der Händler sich auf seinen Reisen weit vom Heimatland der Elfen entfernt hatte, hatte er noch nie einen Tylor zu Gesicht bekommen.

Aber er wußte, daß sie stark waren und magische Kräfte besaßen, falls reine Gewalt nicht ausreichte. Ein Tylor bedeutete den sicheren Tod.

Han-Telios Pferd stand stocksteif vor Angst, mit aufgerissenen Augen und geblähten Nüstern, wie angewurzelt da. Han-Telio riß an den Zügeln, doch das Tier beachtete seine Kommandos und Tritte nicht. Im Wald war kein Laut zu hören bis auf das Knirschen der Eichenäste über ihm.

»Dein Pferd wird sich nicht rühren, Elf.«

Han-Telio blickte sich verzweifelt in der Hoffnung um, daß Rettung – am besten jemand, der besser bewaffnet war als ein Händler – zu Hilfe käme, um sich mit ihm in den Kampf zu stürzen. Der Tylor hatte mit tiefer, krächzender Stimme gesprochen, als ob der Wind über Sandsteinschuppen wehte. Über Schuppen … Han-Telio merkte, wie ihn die Angst abermals überwältigte. Er sah die Echse an.

»Richtig, Elf. Ich kann sprechen.«

Der Tylor konnte Gemeinsprache.

Jetzt begann Han-Telio endlich zu handeln. Er steckte die Opale in eine Tasche seiner geteilten Tunika und versuchte dann mit zitternden Händen, seine Satteltaschen weiter aufzuziehen, um das Kurzschwert herauszuholen, das er dort aufbewahrte. Sein Gegner trat inzwischen zwei Schritte auf ihn zu. Sein gefährlicher, scharfkantiger Schwanz zuckte.

Doch der Knoten in der Schnur, die die Satteltaschen verschloß, widerstand seinen Bemühungen und war nicht zu öffnen. Der Tylor kam noch einen Schritt näher; der Gestank wurde immer schlimmer. Han-Telio kannte ihn.

Es war der Gestank von verfaultem Fleisch.

»Wo willst du denn hin, Elf? Es sieht nicht so aus, als wenn dein Pferd dich noch weiter tragen will.«

Han-Telio wußte nicht, weshalb er antwortete. »Zu Ginevra«, erwiderte er, während er mit der einen Hand an den Zügeln riß, mit der anderen an den Satteltaschen. Er atmete stoßweise. »Ich muß nach Hause zu Ginevra.«

Schließlich zerriß der Händler mit der Kraft der Verzweiflung die Schnur und zog sein Kurzschwert.

Als Han-Telio wieder aufblickte, stand der Tylor nur noch wenige Schritte entfernt. Er wiegte seinen Kopf, um sein Opfer zu hypnotisieren. Der Händler sah mit fasziniertem Entsetzen zu, wie das Tier erst an einem Strauch, dann an einem Quarzfelsen vorbeikam und sich dabei erst grün, dann rosarot verfärbte, um schließlich wieder die Schlammfarbe des graubraunen Pfades anzunehmen. Tarnung, dachte der Elf überflüssigerweise.

»Ein kleiner Zahnstocher wie dieses Kurzschwert wird dir gegen meinesgleichen wenig helfen, Elf!« brüllte das Monster, dessen gepanzertes Gesicht nur noch zwei Armlängen entfernt war. Dann erfüllte der Tylor die Lichtung mit einem Schrei, der Han-Telio das Mark in den Knochen gefrieren ließ.

Das Pferd des Händlers bäumte sich außer sich vor Schrecken endlich auf und wandte sich zur Flucht. Doch der Tylor sprang vor und erwischte das Pferd mit seinen Pranken am Hals, während Han-Telio schreiend absprang. Der Händler schrie noch einmal, als der Schwanz des Tylors mit kobragleicher Schnelligkeit zuschlug.

Der Elfenkörper, der auf dem felsigen Boden des Wegs aufschlug, war praktisch in zwei Teile geteilt.

Drei Opale rollten ein Stück davon und blieben in einer Blutpfütze liegen.

Das Brüllen kam aus einiger Entfernung, als Flint hilflos an den Zügeln seines Maultiers zerrte und vergeblich versuchte, das Tier dazu zu bringen, die Reise nach Qualinost fortzusetzen. Einen Augenblick stand er wie angewurzelt da, seine hellwachen, blauen Augen direkt vor den blöden, braunen von Windsbraut. Dann wehte ein dünner Schrei durch den Wald, und Flints Hand fuhr zu seiner Streitaxt, als er sich auf dem Pfad drehte, um festzustellen, aus welcher Richtung die Geräusche kamen. Windsbraut scharrte hinter ihm nervös in der Erde.

Der Schrei ertönte noch einmal, diesmal lauter, endete jedoch abrupt. Er kam direkt von vorne.

»Bei Reorx' Donnerschlag!« rief der Zwerg aus, während er sich auf Windsbrauts Rücken schwang. »Beweg dich, du verdammtes Maultier, sonst verfüttere ich dich an einen Minotaurus und sehe zu, wie er dich verputzt!«

Windsbraut reagierte plötzlich und galoppierte den Pfad hinunter, so schnell die Riesenhufe sie trugen. Flint zog beim Reiten das Kurzschwert. Zehn Minuten später – eine Ewigkeit für den besorgten Zwerg – kam Windsbraut schnaufend zum Stehen. An einer Stelle, an der sich eindeutig ein Kampf zugetragen hatte.

Der Zwerg stieg zunächst nicht ab, sondern saß da und versuchte abzuschätzen, ob das Wesen, daß dieses Gemetzel angerichtet hatte, noch in der Nähe lauerte. Die harten Eichenstämme zeigten Kerben von gewaltigen Schlägen. Schlanke Espen lagen zu Dutzenden zersplittert zu beiden Seiten des Pfades. Die festgetretene Erde unter seinen Füßen wies eindeutig einen Blutfleck auf, der bereits braun wurde. Ein Rosenquarzfelsen weiter oben war blutverschmiert. Das Blut trocknete bereits am Rand des dichten Unterholzes. Windsbraut war unruhig, als wolle sie davonrennen. Flint beruhigte das Maultier und rutschte leise aus dem Sattel.

Der Wald um sie herum war still bis auf die typischen Waldgeräusche, so als wäre alles auf Krynn ganz normal. In der feuchten Erde rechts von Flint blühten winzige Blutwurzelblümchen, doch dahinter konnte er höchstens zehn Fuß weit in das Unterholz blicken, weil alles voll junger Blätter war. Mit der Streitaxt in der rechten Hand und dem Kurzschwert in der linken wartete er. Ein leichter Wind, der nach altem Schnee, frischer Erde und salzigem Blut roch, bewegte ein paar schwarze und graue Haare an Flints Bart.

Nichts geschah.

Er entspannte sich nur ein wenig und ergriff die Zügel des Maultiers mit derselben Hand, die das Kurzschwert hielt. So lief der dicke Zwerg vorsichtig um die Lichtung und blieb zwischendurch stehen, um die Abdrücke der Klauen und der peitschenartigen Hiebe zu untersuchen, die den Wald verwüstet hatten.

»Eindeutig ein Wesen mit einem langen Schwanz«, überlegte Flint, der keinen Augenblick seine Streitaxt losließ und ununterbrochen mit scharfen Augen das Unterholz absuchte. »Wie eine Echse. Aber im Wald?«

Er merkte, wie seine Augen abschweiften, als er langsam im Kreis ging. Die Eiche, der Felsen, noch eine Eiche und ein Dutzend Espen verschwammen einfach.

»Eine Waldechse, das ist doch Unsinn«, fand er, als sein Blick an einer knubbeligen Eiche in etwa zwanzig Fuß Entfernung hängenblieb.

An einem Stück Holz, das auf halber Höhe aus dem Baumstamm ragte, klebte wieder Blut. Der Stamm darüber …

… sah ihn an.

Und die Augen verrieten Intelligenz.

Flint fühlte, wie die rasiermesserscharfen Zähne des Tylors an seinem Kopf vorbeischnappten, während der Zwerg über die Lichtung ins Unterholz stürzte. Er warf sich auf die nasse Erde und hörte mehr, als daß er es sah, wie Windsbraut vorbeipreschte. Als er sich aufrichtete, war sein Bart voller Lehm. Hastig blickte er sich nach dem Monster um. Bei Reorx' Schmiede, was war das bloß? dachte er.

Das Wesen, das kurzfristig zwischen einer Eiche und einer Fichte hängengeblieben war, brach den Nadelbaum um und raste über die Lichtung.

Es kam genau auf Flint zu, der mit einer Geschwindigkeit davonrannte, die seine langsameren Zwergenverwandten schlichtweg erstaunt hätte. Nach etwa fünfzig Schritten hatte er Windsbraut eingeholt, die aufgrund ihrer Größe nicht so schnell durch die Bäume schlüpfen konnte wie Flint. Da das Maultier jedoch stärker war als der Zwerg, schienen die beiden Rassen etwa gleichauf zu liegen. Der blutrünstige Tylor hinter ihnen stieß die Bäume um und brüllte. Zwerg und Maultier brachen durch das Unterholz, bis Flint überhaupt keine Ahnung mehr hatte, wo sie waren.

»Reorx!« keuchte er, als er auf eine neue Lichtung rannte, das Maultier einen halben Schritt hinter sich. In der Mitte der Lichtung stand eine gewaltige, abgestorbene Eiche – so groß, daß man sechs oder sieben Mann gebraucht hätte, um sie mit den Armen zu umfassen. Auf einer Seite lag ein Schatten – nein, eine Vertiefung im Stamm.

Nein, eine Öffnung. Der Baum war hohl.

Als der Tylor hinter Flint aus dem Wald brach, schoß der Zwerg in die Öffnung im Baum. Das Maultier folgte ihm dicht auf den Fersen.

»Windsbraut!« protestierte der Zwerg, als sich das stinkende, schweißüberströmte Maultier mit ihm in das dunkle Innere der Eiche zwängte. Flint drehte sich zu dem Loch im Stamm um, weil er eigentlich vorhatte, das Maultier wieder rauszuschieben.

Aber die Öffnung war verschwunden. Der Tylor draußen

brüllte und schrie vor Wut und donnerte immer wieder gegen den Baum. Dann begann er, magische Worte zu singen.

Flint fand sich in absoluter Finsternis wieder. Seine kurzen Arme hatte er um den Hals seines zitternden Maultiers geschlungen.

»Donnerwetter«, stammelte er. »Was jetzt?«

Er tastete sich an Windsbrauts Rücken zum Gepäck vor und zog Feuerstein und Stahl heraus. Kurz danach fand Flint beim Herumtasten einen Stock auf dem nadelübersäten Boden des Baums, den er anzündete. Der Stamm zitterte unterdessen vom Klang des magischen Gesangs und der Gewalt der Schläge des Tylors. Windsbraut drängte sich noch näher an den Zwerg, der sie ungnädig zur Seite schubste.

»Da rüber, Dummchen«, zischte er. Der Zwerg hielt das brennende Holzstück hoch und untersuchte den Boden des Stammes. Da war eine dünne Erdschicht, in die er seinen kurzen Finger bohrte – und dahinter Holz.

Das allein war wenig überraschend in einem hohlen Baum, doch seine Finger fühlten auch, daß etwas in das Holz eingeritzt war.

Nachdem er Windsbraut erneut beiseite geschoben hatte, fegte Flint die Erde weg, bis das Eingeritzte zu sehen war.

»Bei Reorx' Hammer!« flüsterte er. »Eine Rune!« Er beugte sich weiter vor, ohne auf die Fackel zu achten, von der plötzlich ein Funke in die trockenen Piniennadeln flog. Die Nadeln flammten auf der Stelle hell auf und schlossen einen Kreis um den Holzboden des Stammes. Das Maultier stand bebend in dem Flammenzylinder, ohne auf Flints Versuche zu achten, es aus dem Feuer zu zerren.

Flint erfuhr nie genau, was als nächstes geschehen war. Einen Augenblick zog er noch am Halfter eines störrischen Maultiers, im nächsten Augenblick stand er in einer geräumigen Eichenkammer, und zwar offenbar *tiefer* als dort, wo er gerade noch gewesen war.

Die Kammer war völlig still bis auf das Keuchen eines hysterischen Packtiers und eines kaum gelasseneren Zwergs. Er hielt seine behelfsmäßige Fackel in die Höhe. In der halbkugelförmigen Kammer hätte ein ganzes Regiment bequem Platz gefunden.

»Bei den Göttern, wir sind im Herzen der Eiche!« erläuterte er dem Maultier, das wenig beeindruckt war. Der Zwerg bückte sich und stocherte mit seinem Kurzschwert am Boden herum. »Dieser Baum lebt noch.« Er richtete sich wieder auf, um sich umzusehen.

Feuerschein flackerte an den kupferbraunen Wänden aus lebendem Holz, tauchte die Knoten und Auswüchse in Schatten, beleuchtete aber die glatteren, abgerundeten Teile des Bauminneren. Mehrere Gänge schienen wie enorme, hohle Wurzeln in die Kammer zu münden.

Zur Linken schnaubte und wieherte Windsbraut, die endlich langsam ihre Angst zu verlieren schien. Das Maultier schaute sich um. Ein Ausdruck träger Neugier erwachte in seinen Augen. Dann entdeckte das Tier genau in der Mitte des Eichenraums etwas, das wie ein riesiger Wassertrog aussah, und als echtes Maultier folgte es sogleich seinem ersten Impuls. Es trottete zu dem Holztrog und schnüffelte mit bebenden Nüstern am Rand.

Das Becken war etwa fünf Fuß breit und enthielt klares Wasser. Auf der Oberfläche trieb eine Lilie – eine goldene Lilie mit den Blättern einer normalen Wasserblume, aber einer Blüte aus reinem Gold. Flint streckte die Hand aus und berührte die Blüte ehrfürchtig mit einem Finger. Etwas so Schönes konnte nicht gefährlich sein, dachte er.

»Herbei, herbei, das Portal ist frei, der Stern ist Silber, die Sonne ist Gold, wirf die Münze zum Ziel, dann greif zu und berühre das Gold.«

Flint wich zurück und sah sich mißtrauisch im Raum um, als würde er erwarten, daß eine schöne Elfenfrau mit glockenheller Stimme aus einer der wurzelartigen Höhlen trat. »Was sollte ich machen?« flüsterte er und drehte sich, als erwartete er die Antwort von ihr, zu Windsbraut um, die ihn stumpfsinnig anschaute. »Oh, daß ich ausgerechnet mit so was in einem Zauberbaum stecken muß«, sagte der Zwerg angewidert. »Also, es hieß, man soll eine Münze werfen, und das Portal ist frei. Ein Portal ist eine Tür«, erklärte er Windsbraut. »Und mir scheint, daß ich hier keine richtige Tür sehe, also wird uns vielleicht die Blume helfen. Wie meine Mutter sagen würde: ›Der Spatz in der Hand erleichtert die Sache.‹«

Flint wühlte in einer Tasche und zog die Gesamtsumme seiner winterlichen Einkünfte in Solace heraus: ein Goldstück. »Nun, wenn ich hier verhungere, ist es egal, ob ich abgebrannt bin oder nicht«, überlegte er und warf die Münze in die honigartige Flüssigkeit.

Die Flüssigkeit leuchtete auf, als würde tief unten im holzigen Fleisch der Eiche eine Lampe angehen. »Reorx!« murmelte Flint und griff hilfesuchend nach Windsbrauts Mähne. Das schweißnasse Tier stupste ihn an, als wollte es ihn ermutigen. »Also schön«, fauchte er, um dann nachdenklicher fortzufahren. »Vielleicht hätte ich das Goldstück in die Blume werfen sollen; es scheint die Lilie zu sein, die spricht.« Er berührte ein goldenes Blütenblatt und …

… plötzlich durchströmte Wärme den Körper des Zwergs, und als er sich zu seinem Maultier umdrehte (und erkannte, daß er nie bemerkt hatte, was für ein liebes, treues Tier es doch war), sah er einen ähnlich warmen Schein in Windsbrauts feuchten Augen glänzen. Später würde Flint schwören, daß in diesem Moment Musik von hundert Lauten in der Höhle erklang. Der Raum um sie herum verblaßte. Flint sah, wie sich die schweren Augenlider des Maultiers allmählich senkten, und ließ zu, daß auch seine eigenen zufielen.

Plötzlich wurde es laut, und Flint fühlte Stein anstatt Holz unter seinen Füßen. Er riß die Augen auf.

Dreckverschmiert, voller Piniennadeln und Maultierschweiß stand er da und umarmte die stinkende Windsbraut. Um ihn herum, und zwar etwas tiefer, standen mit aufgesperrtem Mund Tanis, Miral und zahlreiche Elfenhöflinge. Flint schaute sich um.

Er stand auf dem Podium des Sonnenturms. Mit Solostaran, der Stimme der Sonne. Und einem Maultier.

Windsbraut riß das Maul auf und wieherte. Flint sah das als Aufforderung zum Sprechen an.

»Nun«, sagte er, »da bin ich wieder.«

Kapitel 8

Ein Wiedersehen

In einem Gästezimmer des Palasts ruhte der Zwerg in einer riesigen Badewanne unter Seifenschaum, der nach Blüten duftete, und verdaute glücklich das reichhaltige Mahl, das die Stimme ihm geschickt hatte – wilder Truthahn in Aprikosensauce und echtes Bier aus Solace aus Flints eigenen Satteltaschen. Alle Flaschen bis auf eine waren zerbrochen, und der wilde Ritt hatte den letzten Rest Bier sicher nicht verbessert, aber es war trinkbar, zumindest nach Flints Maßstäben.

Unten im Stall des Palastes wurde Windsbraut ebenfalls mit bestem Futter verwöhnt, wie Flint wußte. Das Tier, das anscheinend immer noch von den warmen Gefühlen während des

Teleports mit Flint überwältigt war, hatte sich anfangs geweigert, sich von dem Zwerg zu trennen. Während Flint Solostaran und dem Rest des Hofstaats seine Geschichte erzählte und Xenoths Bericht hörte, daß andere Elfen in den letzten paar Wochen einen einzelnen, zauberkundigen Tylor westlich der Schlucht bemerkt hatten, folgte das graue Maultier dem Zwerg durch den Sonnenturm, stubste ihn zutraulich mit der Schnauze an und legte ihm das Kinn auf die Schulter, wobei es eigensinnig nach jedem austrat, der ihm zu nahe kam. Schließlich war es einverstanden, sich von Flint zu trennen, nachdem er es persönlich in den Stall geführt hatte, ihm eine Möhre und einen halben Pfirsich gegeben und es dem Stallknecht überlassen hatte, der es striegeln und füttern sollte.

Flint hatte seine Geschichte nur unterbrochen, als die Stimme einen Trupp Palastwachen zur Jagd nach dem Tylor abkommandierte. Die Suche war um so schwieriger, als der Zwerg nicht genau wußte, wo er angegriffen worden war. Er wußte nur, daß es auf einem Pfad mehrere Meilen vor Qualinost gewesen war, und daß er aufgrund seiner überstürzten Flucht durch das Unterholz nicht sagen konnte, wo er die Eiche gefunden hatte.

Die Stimme, die Flint nach einem solchen lebensgefährlichen Angriff nicht allein wissen wollte, bestand darauf, daß Flint sich ein paar Stunden unter Mirals Pflege im Palast ausruhen sollte. Der Zauberer sollte dem Zwerg im Zweifelsfall beistehen. Flint meuterte und bestand darauf, daß er so fit sei wie jeder nur halb so alte Zwerg, doch Solostaran blieb unnachgiebig.

Jetzt lag Miral auf einer Bank neben der Badewanne, während Flint im Badewasser aufweichte, seinen graumelierten langen Bart unter Wasser hielt und zusah, wie kleine Bläschen daraus zur Oberfläche aufstiegen. Er fragte sich, ob er die Privaträume seines Ladens mit so einer erstaunlichen Erfindung ausstatten sollte. Normalerweise hassen Zwerge Wasser

– allerdings kaltes, fließendes Wasser, in dem Fische und Frösche und schlimmere Wesen leben, und das tief genug ist, um einen unvorsichtigen Zwerg in Reorx' Schmiede zu befördern –, doch das hier war etwas völlig anderes.

»Du bist auf einen *Sla-Mori* gestoßen«, erklärte Miral Flint.

»O nein, ich glaube nicht«, meinte Flint geistesabwesend. »Lord Xenoth hat gesagt, die Echse wäre ein Tylor. Oder sind Tyloren und *Sla-Moris* verwandt?« Er zog fragend die Augenbrauen hoch.

Der Zauberer wischte sich den Schweiß vom Gesicht und schlug seine rote Kapuze zurück. Sein blasses Gesicht wirkte hager, unter den Augen lagen dunkle Ringe. Aber seine Stimme war geduldig. »*Sla-Mori* heißt in der alten Sprache ›geheimer Weg‹ oder ›geheimer Durchgang‹«, erklärte er. »Der Legende nach gibt es viele in Qualinesti, aber es ist fast unmöglich, sie zu finden. Die Eiche war anscheinend der Eingang zu einem.«

Jetzt war Flints Aufmerksamkeit geweckt. »Wo führen diese ... diese *Sla-mori* ... denn hin?« fragte der Zwerg.

»Offensichtlich zu wichtigen Orten«, sagte Miral wie beiläufig. »Schließlich bist du auf dem Podium des Sonnenturms gelandet.« Er machte eine Pause, weil er offenbar seine Gedanken ordnen mußte. Als er fortfuhr, krächzte seine normalerweise rauhe Stimme noch mehr als sonst. »Manche Elfen glauben sogar, daß in einem *Sla-Mori* irgendwo in Qualinesti der Graustein steckt. Aber der berühmteste *Sla-Mori* soll nach Pax Tarkas führen«, sagte er und erwähnte so die berühmte Festung in den Bergen südlich von Qualinesti. »Manche glauben, daß im *Sla-Mori* von Pax Tarkas der Körper von Kith-Kanan ruht.«

»Es gibt also mehr als einen *Sla-Mori*?« fragte Flint und ließ sich wieder in das wohlriechende Wasser zurückgleiten, bis sein Haar schwamm und sich wie ein Heiligenschein um sein Gesicht ausbreitete. Seufzend betrachtete er die rosafarbene Decke hoch über sich.

Miral wartete, bis der Zwerg wieder auftauchte. »Uralte Elfengeschichten berichten, daß die Gegend um Qualinost eine ganze Reihe *Sla-Mori* enthält, deren Eingänge gut verborgen und nur für Elfen – oder offensichtlich auch für Zwerge – zugänglich sind, die über die Macht verfügen, sie zu öffnen.« Der Zauberer unterbrach sich. »Was ist los?« fragte Miral.

Der Zwerg hatte sich aufgesetzt und suchte nervös den luxuriösen Raum mit den Augen ab.

»Ich suche den Eimer«, sagte Flint.

»Den Eimer?« fragte Miral. Auf einmal lachte der Magier. »Nein, wir leeren das Wasser nicht mit Eimern.« Er stand auf und ging zum Fußende der Badewanne.

»Also Magie? Du weißt, was ich von Magie halte«, sagte Flint unruhig. »Ist die Badewanne hier magisch?« So ein Ding schrie ja geradezu nach zauberkräftiger Hilfe, dachte er und war plötzlich traurig. Hügelzwerge mißtrauten jeder Magie.

Miral schüttelte nur den Kopf. »Ich hatte vergessen, daß du noch nicht hier warst, seit wir diese Neuerungen eingebaut haben. Sie wurden von Gnomen erfunden.«

»Gnomen?« fragte der Zwerg ungläubig nach. »Reorx!« Nichts, was Gnomen erfanden, funktionierte *jemals* richtig. Wahrscheinlich hatte er Glück, daß er noch am Leben war. Ohne auf das Kichern des Magiers zu achten, sprang Flint mit einem Satz aus der Badewanne und hüllte sich in ein dickes, gelbes Handtuch, das ein Diener auf eine Steinplatte gelegt hatte.

Kopfschüttelnd und lächelnd zog der Zauberer den Ärmel seiner schweren, wollenen Robe bis zum Ellbogen hoch. Er steckte den Arm ins Badewasser, tastete etwas herum und zog. Mit einem tiefen Glucksen begann sich der Wasserpegel zu senken. Miral hielt einen Korken hoch, an dem eine Kette befestigt war.

»Das Wasser läuft in den Boden ab«, erklärte Miral.

Flint sah ihn zweifelnd an. »Bei allem Respekt, das sieht aber wenig praktisch aus«, widersprach er. »Schlecht für die Fundamente. Wenig überraschend, da es von Gnomen stammt. Aber ich gebe zu, von Elfen hätte ich etwas mehr erwartet.«

Miral krempelte den Ärmel wieder herunter und reichte dem Zwerg ein frisches, weißes Hemd. »Wir haben die Erfindung etwas verändert. Die Gnome hatten den Ablauf – das Loch für diesen Korken – ursprünglich am oberen Rand«, sagte der Elf. »Das Ablaufen dauerte ewig. Man mußte warten, bis das Wasser verdunstet war.«

»Aber trotzdem ...«, protestierte der Zwerg, während er in seine rostroten Hosen stieg.

»Das Wasser fließt in eine runde, röhrenartige Vorrichtung unter dem Fußboden.« Mirals Hände beschrieben das Ding in der Luft.

Flint kniete sich hin und spähte unter den Ablauf. »Wie macht ihr die Wanne voll?« wollte er wissen.

»Eimer.«

Später holte Flint Windsbraut ab. Das Maultier glänzte jetzt sauber und gestriegelt, und ein Elf in Livree mit Unfug im Kopf hatte ihm die Mähne geflochten und mit rosa Bändern geschmückt. Flint richtete für das Tier einen einfachen Unterstand neben seinem Laden und der Schmiede her und mußte dann noch zweimal zwischen Laden und Stall hin und her laufen, weil Windsbraut den Lederriemen, mit dem sie angebunden war, kurzerhand durchkaute und wenige Augenblicke nach Flint im Laden eintraf.

Schließlich sperrte er das Tier ein, indem er einen Holzklotz zwischen die Stalltür und einen kleinen Apfelbaum zwängte. Als er seine bierdurchtränkten Satteltaschen fast ausgepackt hatte, tauchte in der Tür eine Gestalt auf.

Die Silhouette der Gestalt war in der untergehenden Sonne nicht sofort zu erkennen, aber der Umriß des Behälters, den sie dabei hatte, war deutlich genug.

»Elfenblütenwein«, stellte Flint fest. »Das kann mir nur Tanis, der Halbelf, ungestraft bringen.«

Tanis lächelte breit und stellte die Flasche auf den Holztisch. »Ich dachte, du würdest das brauchen, um das Feuer in deiner Schmiede anzufachen«, sagte er. »Geht schneller als mit Zunder.«

Die beiden standen etwas voneinander entfernt. Tanis hatte seine Arme vor der muskulösen Brust verschränkt, und Flint hielt zwei Tuniken in Braun und Smaragdgrün in der Hand. Vom Standpunkt des Zwergs aus rochen sie wunderbar nach Bier, aber Flint nahm an, daß er sie wohl waschen mußte, wenn er bei Hof vorgelassen werden wollte.

Schließlich sprach der Zwerg mit schroffer Stimme.

»Ich nehme an, jetzt, wo du ein ausgewachsener Kerl bist, groß wie eine Espe und beinahe stark genug, um mich mit einer Hand hochzuheben, bist du dir zu schade, um deine Zeit mit einem mittelalterlichen Knurrhahn von Zwerg in der Schmiede zu vertun.«

Der Halbelf entgegnete: »Und ich nehme an, daß ich dir viel zu lästig bin, nachdem du durch halb Ansalon gezogen und einem wütenden Tylor entkommen bist.«

Es vergingen mehrere wortlose Minuten, während derer die beiden einander musterten. Dann nickten sie sich zu, als wären sie mit demjenigen zufrieden, den sie vor sich hatten. Tanis setzte sich auf die Granitbank, legte ein Bein hoch und stützte sich mit seinem muskulösen Arm auf das angewinkelte Knie. Sein menschliches Blut war deutlich an seinem kräftigen Körperbau zu erkennen, dachte Flint.

Der Zwerg machte sich daran, nach dem halben Jahr Winterruhe die Schmiede wieder einzurichten, und beglückwünschte sich selbst dafür, wie gründlich er den Platz aufgeräumt hatte, als er vor fünf Monaten am Ende des Herbstes fortgegangen war.

Die Esse, die einem erhöhten Kamin ähnelte, nahm den

größten Teil der hinteren Mauer des winzigen Hauses ein. Ein gemauerter Kamin ging wie ein dicker Baumstamm durch die Rückwand. An der Rückseite war eine Öffnung, die groß genug war, um einen Kender aufzunehmen – auch wenn Flint lieber in den Abgrund gegangen wäre, als eine dieser unerschöpflich neugierigen Kreaturen in seine geliebte Schmiede zu lassen. Der vordere Rand der Esse war für Elfenproportionen gebaut worden und lag deshalb über der Gürtellinie des Zwergs, eine unpraktische Höhe, über die er sich oft aufregte.

»So«, sagte Flint, als er Zweige und trockene Ringe in die Vertiefung hinten in der Esse legte, »was habe ich denn in den letzten fünf Monaten verpaßt?« Er warf einen zweifelnden Blick auf die Weinflasche, um sie dann zu entkorken und einen freigiebigen Schuß auf den Zunder zu schütten. »Ich hoffe, davon fliegen wir nicht bis nach Xak Tsaroth«, murmelte er und klopfte seine Taschen nach Feuerstein und Stahl ab, bis ihm einfiel, daß er beides wahrscheinlich am Eingang zum *Sla-Mori* fallen gelassen hatte. »Hast du mal Feuerstein und Stahl, Junge?« fragte er.

Tanis wühlte in seiner Tasche, zog die gewünschten Gegenstände hervor und warf sie nacheinander Flint zu. Mit einem verschluckten »Danke«, schlug der Zwerg beides aneinander. Der Zunder flammte explosionsartig auf, so daß sich der Zwerg hastig zurückzog. Als das helle Feuer zu einem Glühen heruntergebrannt war, legte er vorsichtig ein paar Stücke Kohle an die Glut und wartete, daß sie Feuer fingen. Er sah zu Tanis hinüber, um zu hören, was es Neues gab.

»Lord Xenoth ist immer noch der erste Berater, obwohl Litanas auf Porthios' Bitte hin als Assistent für Xenoth eingesetzt ist«, erklärte Tanis, der zusah, wie Flint eine Schaufel von den nahen Kohlen ins Feuer warf. »Der Stimme tat es leid, Lord Xenoths Gefühle zu verletzen – schließlich hat Xenoth die Stimme der Sonne schon beraten, seit Solostarans Vater das Amt antrat, und die Stimme will Xenoth bestimmt nicht den

Eindruck vermitteln, er könne seine Pflichten nicht mehr allein wahrnehmen. Auch wenn *das* trotzdem so zu sein scheint.« Die letzten Worte klangen deutlich verbittert.

»Schnapp dir mal die Blasebälge, ja, Junge, und hilf mir«, sagte Flint. Tanis eilte zu dem Gerät und blies Luft ins Feuer. In der Zwischenzeit häufte Flint von allen Seiten Kohlen auf die Glut. »Xenoth hat das also übel genommen?« erkundigte sich Flint.

»Er war nicht glücklich.« Die knappe Antwort sprach Bände darüber, wie wortreich sich der Berater über die Veränderung beklagt hatte.

Flint schüttelte den Kopf und dachte mitfühlend an Litanas, obwohl Porthios' braunäugiger Freund weder den Zwerg noch den Halbelfen je besonders freundlich behandelt hatte. Flint vermutete schon lange, daß Porthios' Freunde Tanis das Leben mit Absicht schwermachten, auch wenn Porthios selbst sich da ganz heraushielt. Aber der Zwerg fragte Tanis selten danach, und der Halbelf gab freiwillig höchstens sehr vage Informationen über dieses Thema preis.

Vor Flints Aufbruch im letzten Herbst hatten Litanas und Ulthen um die Hand der reichen Lady Selena geworben. Die Elfendame genoß die Aufmerksamkeiten natürlich, aber die Situation nagte an der Freundschaft zwischen Litanas und Ulthen.

Während Tanis die Blasebälge bediente, nährte Flint das Feuer mit immer neuen Kohlen und fragte sich, wie die jüngsten Ereignisse das Werben der beiden Elfen um Lady Selena beeinflussen mochten. Litanas hatte Reichtum, eine gute Herkunft und die Stellung bei Lord Xenoth zu bieten. Aber Xenoth konnte die Stellung seines Assistenten bei Hof leicht untergraben, wenn er das für nötig hielt.

Ulthen hingegen stammte zwar aus einer alten Adelsfamilie von Qualinost, aber er und seine Verwandten waren ständig pleite. Vor Jahren hatte seine angespannte Finanzlage den Elfen gezwungen, als Waffenmeister bei Porthios' jüngerem Bruder Gilthanas in Dienst zu gehen.

Auf jeden Fall würde Flint sich bestimmt nicht mit dem reizbaren, alten Ratgeber anlegen wollen, auch wenn es so aussah, als würde der Zwerg das ohnehin ständig tun. Lord Xenoth, dessen Alter ihm eine gewisse Kritik an manchen Entscheidungen der Stimme erlaubte, verurteilte lautstark die Aufnahme jeglicher Außenseiter bei Hof.

Aber als Flint seinen Lieblingshammer mit dem Holzgriff aus der Werkzeugbank holte, fiel ihm etwas anderes ein.

»Hast du schon mal vom Graustein gehört?«

Tanis sah erstaunt von den Blasebälgen auf. »Dem Graustein von Gargath? Natürlich. Jedes Elfenkind muß die Geschichte auswendig lernen.«

»Miral hat ihn heute mir gegenüber erwähnt.« Flints Stimme war abgelenkt, da seine Aufmerksamkeit hauptsächlich der Esse galt. »Erzähl mir die Geschichte mal so, wie die Elfen sie kennen.«

Tanis warf seinem Freund einen neugierigen Blick zu und begann dann mit der Geschichte, die ihm Miral vor Jahren eingetrichtert hatte – wobei er die Blasebälge weiter bediente.

»Bevor der neutrale Gott Reorx die Welt schmiedete, kämpften die Götter um die Seelen der verschiedenen Rassen, die zu jener Zeit noch zwischen den Sternen tanzten.« Er legte seine Hände wieder an die Griffe der Blasebälge.

Flint nickte, als wenn sich das mit der Geschichte deckte, die bei den Zwergen erzählt wurde. Aus einem Stapel auf einem Tisch neben der Esse zog er einen handlangen, kleinfingerdicken Eisenstab und erhitzte ihn in den Kohlen.

Der Halbelf fuhr mit seiner Erzählung fort. »Die Götter des Guten wollten, daß die Rassen Macht über die materielle Welt haben sollten. Die Götter des Bösen wollten die Rassen versklaven. Und die Götter der Neutralität wollten, daß die Rassen materielle Macht über die Welt *und* die Freiheit haben sollten, zwischen Gut und Böse zu wählen – und darauf einigte man sich schließlich.«

»Reorx strafe dich, Junge, pump weiter!« befahl der Zwerg. Tanis erhöhte das Tempo und sah zu, wie der Zwerg das Metallstück mit Eisenzangen aus den Kohlen holte und es mit dem Hammer zu einem Rechteck schlug.

»Es entstanden drei Rassen: Elfen, Oger und Menschen – den Elfen zufolge in dieser Reihenfolge«, sagte Tanis mit einem vielsagenden Blick zur Decke. Sein schulterlanges Haar flog hin und her, während er die Blasebälge bediente. »Und dann hat Reorx mit ein paar freiwilligen, menschlichen Helfern die Welt geschmiedet. Aber viertausend Jahre vor der Umwälzung erzürnten die Menschen Reorx, weil sie sich etwas auf die Fähigkeiten einbildeten, die Reorx sie gelehrt hatte, und sie zu ihren eigenen Zwecken nutzten. Der Gott nahm die Fähigkeit zurück, ließ ihnen aber den Wunsch zu basteln, und so entstand die Rasse der Gnomen.«

Der Halbelf holte tief Luft, fast so viel wie der Blasebalg über die Kohlen pustete. »Dann schmiedete Reorx einen Stein, der die Neutralität auf Krynn verankern sollte. Er sollte die Essenz von Lunitari, dem roten, neutralen Mond, enthalten und ausstrahlen. Reorx versteckte den Graustein auf Lunitari.«

Tanis unterbrach die Erzählung und fragte: »Paßt das zu dem, was du kennst?« Flint nickte, doch er konzentrierte sich darauf, das Rechteck an den Rand des Ambosses zu drücken und mit dem Hammer an einem Ende des Metallstückes einen dünnen Dorn zu formen. Dann hämmerte er kräftig auf den Metalldorn ein, um ihn abzurunden. Schließlich drehte er ihn um und schlug ihn zu einem Ring am Ende des Rechteckes. Und wie immer arbeitete Flint im Rhythmus: vier Schläge aufs Metall, einer auf dem Amboß, vier aufs Metall, einer auf den Amboß.

Tanis unterbrach ihn. »Warum machst du das?«

»Was?«

»Den Hammer auf den Amboß schlagen«, sagte der Halbelf, der seine Tätigkeit am Blasebalg unterbrochen hatte, um genauer zuzuschauen. »Es sieht aus wie Absicht – nicht, als wenn du danebenschlägst.«

»Pump weiter! Bei Reorx im Himmel, Junge, muß ich denn einen Gossenzwerg statt deiner anheuern?« beschwerte sich Flint. »Natürlich schlage ich absichtlich auf den Amboß. Das Metall des Hammers nimmt die Hitze auf, wenn ich zum Beispiel diesen Türriegel für Windsbrauts Stalltür bearbeite. Wenn ich den Hammer zwischendurch auf den Amboß schlage, kühlt er ab. Klar?« Er machte es vor. »Und jetzt erzähl weiter.«

Tanis grinste seinen Freund an. »Die Gnomen bauten eine mechanische Leiter, die bis zum roten Mond reichte, und holten sich den Graustein, den manche das Graue Juwel nennen.«

Flint schmiedete das andere Ende des Metalls rasch zu einem Dorn und bog ihn senkrecht dazu.

»Aber der Stein entkam und trieb davon.« Tanis' Stimme rezitierte nicht mehr, sondern nahm einen begeisterten Klang an. »Der Stein stürzte ganz Krynn in Verwirrung. Wo er vorbeikam, erschuf er neue Tiere und Pflanzen, und die alten änderten ihre Form.«

Flint erhitzte das Werkstück noch einmal, das jetzt als Türriegel mit einer Schlaufe an einem Ende und einem Bolzen am anderen zu erkennen war.

»Schließlich«, erzählte Tanis, »teilten sich die Gnomen für die Suche nach dem Stein in zwei Armeen auf. Sie fanden ihn in dem hohen Turm eines Barbarenprinzen namens Gargath.«

Der Zwerg hielt den plattgehämmerten Stab an jedem Ende mit einer Zange fest und legte seine beträchtliche Kraft in die Aufgabe, den Riegel einmal komplett zu drehen. Die vier Kanten des Stabes drehten sich schmückend in der Mitte des Riegels. Flint warf ihn in das Faß mit kaltem Wasser und hielt ihn dann Tanis hin.

Der Halbelf zog die Augenbrauen hoch, pumpte jedoch weiter und fuhr fort. »Der Prinz weigerte sich, den Stein herauszugeben, und die beiden Gruppen erklärten ihm den Krieg. Als sie die Festung endlich erstürmt hatten, strahlte das Licht des Steins über die ganze Gegend. Und als die Gnomen wieder etwas sehen konnten, hatten sich die beiden Parteien verändert.«

Flint betrachtete stolz seinen Riegel. »Den könnte ich in Solace teuer verkaufen«, sagte er zu dem Halbelfen.

»Die neugierigen Gnomen«, sagte Tanis, »wurden Kender. Diejenigen, die auf Reichtümer aus waren, wurden ... äh ... wurden ...« Tanis brach ab und wurde rot.

»Wurden ...?« fragte Flint nach, der immer noch den Riegel hochhielt.

»... Zwerge«, schloß Tanis etwas schamrot.

»Aha«, meinte der Zwerg. »Du kannst jetzt aufhören zu pumpen.«

Tanis nagte an seiner Unterlippe und musterte den Zwerg. »Ist das dieselbe Geschichte, die du kennst?« fragte er.

Flint nickte lächelnd. »Dieselbe alte Geschichte«, sagte er.

In dieser Nacht warf sich Miral unruhig auf seiner Schlafstatt herum und versank immer wieder in demselben Traum, der ihn fast jede Nacht quälte, seit die Berichte von dem Tylor aus dem Land eintrafen.

Er war sehr klein, nur ein Kind, das in einer gigantischen Höhle in einem Spalt kauerte. Er wußte, daß er tief unter der Erde war, obwohl Licht von irgendwoher für Beleuchtung sorgte.

Die Dämmerung in der Höhle war gerade hell genug, um den kleinen Miral das schnabelartige, offene Maul des Tylors sehen zu lassen, der nach ihm zu schnüffeln schien.

»Komm raus«, dröhnte das Wesen. »Ich tu dir nichts.«

Miral erschauerte und zog sich noch tiefer in die Öffnung

zurück. Er wußte, daß er träumte, aber er wußte auch, daß er das, was in diesem Alptraum jetzt folgte, nicht aufhalten konnte.

Das drachenartige Untier steckte sein klauenbewehrtes Vorderbein in die Spalte. Das Kind, Miral, zog sich so weit wie möglich zurück und schrie zu seiner Schande nach der Mutter. Es rutschte zur Seite und drückte sich noch tiefer an die gekrümmten Wände der Spalte.

Wieder einmal, wie immer in diesem Traum, fühlte er kalte Luft an seinem rechten Arm – wo doch nichts als tote, unbewegte Luft sein sollte. Miral wußte, daß der schlimmste Teil des Alptraums noch kam, der Teil, bei dem er wach wurde und merkte, daß er nicht mehr schlief.

Als Miral sich noch tiefer in die Ecke zurückzog, packte eine Hand seinen rechten Arm.

Kapitel 9

Abenteuer

Der nächste Tag ließ sich mit einer klaren, schönen Dämmerung gut an. Im ersten Morgenlicht glitzerte zwar noch Frost auf den grünen Blättern, doch der war innerhalb einer Stunde verschwunden, und der Tag sollte warm und schön werden.

Tanis hatte vorgeschlagen, nach dem *Sla-Mori* zu suchen, denn der Halbelf sehnte sich nach einem Abenteuer. Nachdem Flint seine Schmiede angesehen und überlegt hatte, welche Arbeiten er aufschieben konnte, willigte er schließlich ein. Weitere Gruppen bewaffneter Elfen waren unterwegs, und suchten nach dem Tylor, besonders seit die Stimme der Sonne eine ansehnliche Belohnung für den Jäger ausgesetzt hatte, der das seltene Tier erlegte.

Tanis plünderte die Vorratskammer der Palastküche und tauchte kurz nach Tagesanbruch mit einem Laib braunem Brot, einem gelben Käse, einer Flasche Wein für sich und einem Tonkrug mit Bier für den Zwerg – das alles in einem kleinen Sack verstaut – bei Flint auf.

Ausgerüstet mit Streitaxt und Kurzschwert führte Flint Tanis, der seinen Langbogen trug, über die fünfhundert Fuß hohe Brücke über den Abgrund, der die Stadt im Westen schützte. Der Zwerg hatte gehört, daß eine alte Rasse von Luftelementaren, Wesen, die ganz aus Luft bestanden, die Regionen über den Flüssen hütete und nicht zuließ, daß irgend etwas auf anderem Wege als über die Brücke nach Qualinost gelangte. Das Wissen, daß ein reizbarer Elementar darauf wartete, daß der Zwerg einen Arm oder ein Bein über den Rand der Brücke streckte, und Flint dann fünfhundert Fuß tief in die Schlucht reißen könnte, erhöhte sein Wohlbefinden nicht im geringsten.

Tanis zeigte nach Norden. »Ich war noch nie am *Kentommenai-Kath*«, sagte Tanis. »Gehen wir.«

»Ich dachte, wir jagen den Tylor«, sagte Flint.

»Wir finden die Echse genauso wahrscheinlich am *Kentommenai-Kath* wie anderswo. Nach dem, was ich gehört habe, ist es wahrscheinlicher, daß die Echse uns findet, als andersrum.«

»Wie beruhigend«, knirschte Flint, der hinter Tanis langtrottete und sich sorgsam vom Rand der Schlucht fernhielt. »Und was ist ein *Kentommenai-Kath?*«

»Wenn ein Elf sein *Kentommen* hat, geht ein naher Verwandter, einer, der die Zeremonie noch nicht selbst erlebt hat, zu einem offenen Platz, von wo aus er über den Fluß der Hoffnung blicken kann, und hält dort die ganze Nacht Wache.«

»Mach's mir nicht so schwer, Junge«, fuhr Flint ihn an. »Was ist ein *Kentommen*?«

»Das ist die Zeremonie der Elfen, wenn sie ihren neunundneunzigsten Geburtstag feiern – wenn sie erwachsen werden. Porthios hat in ein paar Monaten sein *Kentommen.* Ich nehme an, daß Gilthanas den *Kentommenai-Kath* übernimmt.«

Der Pfad schlängelte sich durch den dichten Espen- und Pinienwald, wobei er gelegentlich so nah am Abgrund verlief, daß Flints Handflächen zu schwitzen begannen, dann jedoch zu seiner Erleichterung wieder in den Wald zurückführte. Nach über einer Stunde erreichten sie schließlich den *Kentommenai-Kath.* Der Pfad führte auf einen sonnenbeschienenen Felsvorsprung aus tiefrotem Granit, der mit weißen, grünen und schwarzen Flechten bewachsen war und nach Osten zur Schlucht zeigte. Flint konnte in der Ferne den Sonnenturm leuchten sehen; die Elfenhäuser sahen aus wie rosafarbene Stämme von astlosen Bäumen. Der Hain in der Mitte von Qualinost war genau im Norden des offenen Bereichs zu sehen, das der Himmelssaal gewesen sein mußte.

Vogelschreie wurden schwach durch die Luft herangetragen. In der Mitte des *Kentommenai-Kath* war eine dicke, flache Felsplatte, die mit handgroßen Vertiefungen übersät war, in denen klares Wasser stand. Zum Rand der Schlucht hin neigte sich die Felsplatte leicht.

»Hier kniet der Verwandte des *Kentommen*-Elfen und bittet Habbakuk, den jungen Mann oder die Frau zu segnen, damit sie durch die Jahrhunderte im Einklang mit der Natur leben können«, erläuterte Tanis ehrfürchtig.

Flint wanderte um den *Kentommenai-Kath,* trat mit seinen Wanderstiefeln fest gegen den Fels und bewunderte die roten, grünen und weißen Schattierungen des Platzes, der von Espen, Eichen und Fichten umstanden war. Friedlich lag die Landschaft da. Er sah zu Tanis hinüber und spazierte weiter.

»Flint, nicht!« brüllte Tanis mit entsetztem Gesicht.

Flint schaute nach vorne … nach draußen … und nach unten. Der Felsen, der nach drei Seiten sanft abfiel, endete an dieser Seite mit einer scharfen Kante. Der Zwerg stand einen knappen Fuß vor einem mindestens sechshundert Fuß tiefen Abgrund.

Er merkte, wie ihm das Blut in den Adern gefror. Da packte ihn eine starke Hand am Kragen und riß ihn zurück. Tanis und der Zwerg verloren auf dem unebenen Stein das Gleichgewicht und landeten mit einem »Uff!« auf dem festen Granit. Der Halbelf war blaß, und Flint tätschelte den Felsen mit klammer Hand, während sich sein Kopf noch drehte.

»Ich ...« Flint sprach nicht weiter.

»Du ...« Tanis sprach nicht weiter.

Sie starrten einander lange an, bis Flint schaudernd Luft holte. »Der Rand kommt da drüben etwas plötzlich«, sagte er.

Der Halbelf lächelte schief. »Etwas«, stimmte er zu.

Flint setzte sich auf und holte seinen Geldbeutel zurück, der ihm bei dem Sturz aus der Tunika gerutscht war. »Aber nicht, daß ich wirklich in Gefahr gewesen wäre zu fallen«, versicherte er sich selbst.

»Aber nein«, sagte Tanis etwas zu prompt. »Bestimmt nicht.«

»Vielleicht wäre es jetzt ganz gut, eine Erho ... äh, eine Essenspause einzulegen«, fügte der Zwerg hinzu.

Tanis nickte und holte den Sack mit dem Essen. Ohne sich darüber zu verständigen, zogen sich beide gleichzeitig noch mindestens zehn Fuß weiter vom Rand zurück.

»Ich habe keine Angst um mich selbst, denk dran«, meinte Flint. »Ich weiß bloß nicht, wie ich es der Stimme erklären sollte, wenn du dich über eine Klippe gestürzt hast.« Tanis sagte nichts.

In der hellen Vormittagssonne teilten sie das Brot, wobei Flint Tanis die größten Scheiben Käse, die leckersten Brotstücke und die besten Früchte zuschob. Dann saßen sie kurze Zeit da und genossen in angemessener Entfernung von der Klippe die Aussicht, bis sie beschlossen, nach Qualinost zurückzukehren. Flint hatte in der Schmiede zu tun.

Die Probleme gingen los, als sich die Abenteurer auf den Rückweg machten. Der Pfad mußte sich gegabelt haben, als sie zum *Kentommenai-Kath* kamen, ohne daß einer von ihnen es bemerkt hatte. Auf dem Rückweg nahmen sie den falschen Weg. Dann schlug das Wetter um. Zuerst schob sich eine einzelne, dunkle Wolke vor die Sonne.

»Wie meine Mutter immer sagte: ›Eine Wolke fühlt sich einsam‹«, erklärte Flint dem Halbelfen. Schon nach kurzer Zeit zog eine graue Wolkenphalanx über ihnen dahin. Der dunkle Himmel schien sich beängstigend schnell zu senken, so daß Tanis schon fast glaubte, er würde ihnen direkt auf den Kopf fallen. Aber das einzige, was fiel, war der Regen – in großen, kalten Tropfen. Schon bald waren Halbelf und Zwerg tropfnaß und kalt, und Flint war dazu übergegangen, unablässig vor sich hin zu murmeln: »Keine Abenteuer mehr … keine Abenteuer mehr …«

Das alles wäre nicht so schlimm gewesen ohne die Abkürzung. Tanis war skeptisch, aber Flint funkelte ihn nur herausfordernd an, als der Zwerg einen kaum sichtbaren Fußweg hinunter zeigte, der vom Hauptweg abzweigte.

»Ich dachte, ich wäre derjenige, der durch Krynn gewandert ist«, schimpfte Flint. »Oder irre ich mich da etwa?«

Tanis verbrachte die nächsten zehn Minuten damit, dem Zwerg zu versichern, daß Flint wirklich derjenige war, der Erfahrung mit Wegen hatte, daß Flint derjenige war, der den Wald wie seine Westentasche kannte, und, doch, daß er derjenige war, der beim Aufstieg genug auf praktische Dinge geachtet hatte, um die Abkürzung zu sehen. Außerdem hatte er gestern praktisch unbewaffnet einen wütenden Tylor abgewehrt. Und so brachen sie auf dem schmalen Fußweg durchs Unterholz, der sie in den regennassen Wald führte.

Sie drangen immer tiefer in den Wald ein, hielten ängstlich Ausschau nach dem Tylor und wurden jeden Moment nasser.

Zwei Stunden später, als der Regen noch immer vom Himmel strömte, trafen sie auf eine Gruppe Tylorjäger und begleiteten die erfolglose Jagdpartie nach Hause. Aber als sie die ersten Häuser von Qualinost erreichten, hustete Flint, und als Tanis seinen Freund aus der triefenden Tunika, den Hosen und den Stiefeln pellte, fieberte er bereits. Tanis wickelte ihn in eine Decke, drückte ihn auf einen Stuhl und schürte die Esse, damit es wärmer wurde.

Jetzt, am späten Nachmittag, als Tanis einen Topf Fleischbrühe über dem Feuer umrührte, ließ der Rückstoß von Flints Niesen den Stuhl so gefährlich nach hinten kippen, daß Tanis hinsprang, um ihn festzuhalten, bevor er umfiel.

»Uff!« grunzte Tanis mit wackligen Knien, als er gegen den großen Holzstuhl drückte. »Ich weiß ja, daß du nicht allzugroß bist, Flint, aber beim Gewicht macht sich das nicht bemerkbar.« Mit einiger Anstrengung richtete er den Stuhl auf, doch der Zwerg zeigte keine Dankbarkeit.

»Ach, was soll's, wenn ich umfalle, wo ich doch sowieso sterbe«, maulte Flint trübsinnig. Er putzte sich mit seinem Leinentaschentuch – Geschenk der Stimme der Sonne – die Nase, was sich wie der Klang einer verbogenen Trompete anhörte. »Dann liege ich wenigstens flach da und bin fertig für meinen Sarg.« Flint kuschelte sich fester in seine Wolldecke und steckte seine dicken Zehen wieder in einen dampfenden Wasserzuber. Obwohl er so nah an den glühenden Kohlen der Esse saß, konnte ihm die Glut nicht die Kälte aus seinen Zwergenknochen vertreiben, und seine Zähne klapperten, weil er so fror.

»So wie's aussieht, bin ich doch sowieso schon steif vor Kälte. Könnte genausogut gleich richtig tot sein«, nörgelte Flint.

»Ich könnte dir etwas Elfenblütenwein heiß machen.«

Flint sah ihn wütend an. »Wieso nimmst du nicht dein Schwert und beendest mein Leiden einfach kurz und schmerzlos? Ich trete doch nicht in Elfenparfüm einbalsamiert vor Reorx!«

»Flint«, erklärte Tanis ernst, »ich weiß, daß es dich furchtbar enttäuschen wird, aber du hast nur eine Erkältung. Du wirst nicht sterben.«

»So, und wie kannst du das wissen?« knurrte Flint. »Bist du denn schon mal gestorben?« Flint ließ einen weiteren gigantischen Nieser los, bei dem seine Knubbelnase so rot leuchtete, daß sie der untergehenden Sonne Konkurrenz machte. Tanis schüttelte nur den Kopf. Immerhin lag eine gewisse Logik in der Aussage des Zwergs.

»Keine Abenteuer mehr!« brüllte Flint. »Keine Tyloren mehr. Von mir aus jeden Tag einen Oger. Keine *Sla-Mori* mehr. Und keine Spaziergänge im Regen am Rand der elfischen Version des Abgrunds.« Er machte eine Pause, um für die nächste Schimpfkanonade Atem zu holen. »Das kommt alles nur von diesem Bad. Zwerge sind nicht dazu geschaffen, zwei Tage nacheinander in Wasser eingeweicht zu werden!« Dieser letzte Satz klang für Tanis mehr wie: »Fwerge find nich dafu geschaffen, fwei Dage nacheinander in Waffer eingeweicht fu werden.«

Kaum zu glauben, daß sie beide erst gestern gemütlich hier in der Schmiede zusammengesessen hatten, dachte der Halbelf.

Flint schniefte und putzte sich erneut die Nase. Er legte sich einen warmen Waschlappen auf den Kopf, und sah in seiner dunklen Decke aus wie ein billiger Mystiker auf einem Dorfjahrmarkt. »Das ist das letzte Mal, daß ich den Fehler mache, auf dich zu hören«, grummelte er zum x-ten Mal.

Tanis bemühte sich nach Kräften, sein Lächeln zu verbergen, während er dem Zwerg heißen Tee eingoß und ihm die Tasse in die Hände drückte. »Der Regen hat aufgehört. Ich müßte jetzt eigentlich los und mit Tyresian trainieren.«

»So spät? Gut, also laß mich doch hier allein sterben«, sagte Flint. »Aber komm bloß nicht wieder und erwarte, daß ich sage: ›Hallo, Tanis, wie geht's? Komm doch rein und verdirb einem alten Zwerg den Tag.‹ Schließlich werde ich dann tot sein. Es ist noch eine oder zwei Stunden hell. Bis später«, sagte er und winkte Tanis mit einer Hand. »Das heißt, wahrscheinlich nicht«, fügte er verdrießlich hinzu.

Tanis schüttelte den Kopf. Wenn Flint so war, war es wirklich das Beste, ihn seinem Elend zu überlassen. Tanis überzeugte sich davon, daß der Kessel in Reichweite des Zwergs stand und daß das Wasser im Eimer heiß genug war. Er tat Flint eine ordentliche Portion Brühe in eine Holzschale, nahm Pfeile und Langbogen und wollte den Zwerg verlassen.

Doch als der Halbelf die Tür des Ladens erreicht hatte, ging sie plötzlich auf und er stand zwei Besuchern gegenüber – der Stimme der Sonne und Lord Tyresian.

Tyresian ignorierte den Zwerg völlig, schimpfte den Halbelfen an: »Kommst du immer zu spät zum Unterricht?«, und nahm dann seine hitzige Diskussion mit der Stimme wieder auf. Es schien eine einseitige Diskussion zu sein; Solostaran wirkte heute unerschütterlich. Er nickte ernst zu den leidenschaftlichen Ansichten des Elfenlords, machte aber keine Aussagen, die als Zustimmung gewertet werden könnten.

Falls möglich, war Tyresian in den zwanzig Jahren, die Flint ihn nun kannte, noch selbstsicherer geworden. Trotz seiner kurzen Haare, die unter Elfen so ungewöhnlich waren, sah der Elfenlord gut aus, denn er hatte markante, gleichmäßige Gesichtszüge und aufmerksame Augen von der Farbe des Herbsthimmels. Als er mit der Stimme redete, waren seine Bewegungen anmutig, und selbst hier, in der Tür der schlichten Unterkunft des Zwergs und nur in einer einfachen, taubengrauen Tunika, blendete einen seine Ausstrahlung.

»Die Leute meinen, das Auftauchen eines so seltenen und so gefährlichen Wesens wie des Tylors beweise, daß Eure Politik, was Außenseiter angeht«, hierbei richtete der Lord seinen Blick auf Flint und dann lächerlicherweise auf den Halbelfen, »verfehlt ist.«

Solostaran blieb stehen und sah den Elfenlord an. Endlich war auf dem Gesicht der Stimme eine Gefühlsregung zu erkennen – und zwar Belustigung. »Das ist ein interessanter Gedankengang, Lord Tyresian«, sagte er. »Erklärt mir, wie Ihr darauf kommt.«

»Bitte versteht, Stimme, daß ich nicht meine eigene Meinung vertrete, sondern die Meinung, die ich von anderen gehört habe«, sagte der blauäugige Elfenlord prompt.

»So, so«, meinte Solostaran trocken.

»Ich weiß eben, daß Ihr, als Stimme der Sonne, an den Ansichten Eurer Untertanen interessiert seid«, fügte Tyresian hinzu.

»Bitte kommt zur Sache.« Solostarans Stimme verriet erstmals, seitdem das Paar auf Flints Schwelle erschienen war, Verärgerung. Bis jetzt hatte jedoch keiner der beiden Neuankömmlinge den Zwerg begrüßt. Flint sah Tanis an. Das Gesicht seines Freundes hatte den störrischen Ausdruck angenommen, den der Halbelf immer aufsetzte, wenn jemand anderes als Flint, Miral oder Laurana in der Nähe war. Tanis' Miene hätte Windsbraut gut zu Gesicht gestanden, dachte der Zwerg.

Flint machte den Mund auf, um auch etwas zu sagen, aber Tyresian nahm den Faden wieder auf, wobei er sich mit der Hand durch die kurzen, blonden Haare fuhr.

Flint fiel auf, daß die Arme des Elfen, die durch das kurzärmelige Frühlingshemd zu sehen waren, das er unter seiner Tunika trug, voller Narben waren – zweifellos das Ergebnis jahrelanger Übungskämpfe mit seinem Freund Ulthen.

»Es heißt, daß Tyloren sich am liebsten an viel begangenen Wegen ansiedeln, damit sie Reisenden auflauern können. Es heißt, daß Ihr zwar weiterhin die *meisten* Reisenden von Qualinost fernhaltet«, und der Elfenlord durchbohrte Flint mit seinem Blick, »daß aber der Handel die Anzahl der Elfen erhöht hat, die unsere Stadt und das Königreich mit Waren verlassen.«

»Lord Tyresian …« Solostarans Geduld war bereits strapaziert, aber der Elfenlord war zu aufgebracht und achtete nicht mehr auf die Etikette.

»Es heißt, Stimme, daß es falsch war, ›unelfisch‹, diese … diese *Gnomenbadewannen* im Palast einzubauen.«

Flint schniefte – was mit einer Erkältung ziemlich einfach war. Tanis lachte. Tyresian wurde rot und sah die beiden wütend an.

Solostaran war offensichtlich zwischen Lachen und einem Wutausbruch hin und her gerissen. Sein Blick begegnete dem von Flint, dessen stahlgraue Augen blinzelten. »Wie wär's mit einer Tasse heißem Elfenblütenwein, Stimme, Tyresian?« bot der Zwerg an und schniefte. »Mein Freund hier hatte angeboten, einem kranken Zwerg welchen zu machen.«

Solostaran hatte Lord Tyresian den Rücken zugekehrt und zwinkerte dem Zwerg und Tanis beruhigend zu. »Ich komme später mal auf Euer freundliches Angebot zurück, Meister Feuerschmied, habt vielen Dank. Und ich glaube, Lord Tyresian war auf der Suche nach Tanthalas.«

Tyresian konnte seinen Ärger kaum noch im Zaum halten. »Stimme, ich muß darauf bestehen, daß diese andere Sache festgeschrieben wird.«

Solostaran fuhr herum. »Ihr ›müßt bestehen‹?« fragte er nach.

»Eure heutigen Entscheidungen bestimmen später das Leben Eurer Kinder, Stimme«, sagte Tyresian kalt.

Solostaran richtete sich zu seiner vollen Größe auf. Aus seinen Augen blitzte grünes Feuer. Plötzlich wirkte er eine halbe Handbreit größer als der junge Elf – und eine viel zu eindrucksvolle Gegenwart für Flints Häuschen. »Ihr *wagt* es, in einer solchen Angelegenheit öffentlich auf etwas zu bestehen?«

Tyresian wurde blaß. Eiligst entschuldigte sich der Elfenlord und zog sich hastig mit dem Halbelfen im Gefolge zurück. Noch während die beiden verschwanden, hörte Flint, wie Tyresian seinen Zorn bereits an Tanis ausließ. »Ich kann nur hoffen, daß du die Technik geübt hast, die ich dir gestern gezeigt habe, Halbelf.« Die Drohung hing noch in der Luft, während die Schritte der beiden verklangen.

Die Stimme machte zunächst Anstalten, ihnen zu folgen, doch dann drehte er sich wieder zu Flint um.

»Ich beneide Tanis nicht um seine heutige Schießstunde«, sagte der Zwerg milde, während er sich mit dem Taschentuch die Nase abwischte. Dann wies er zur Feuerstelle. »Es ist nicht gerade vom Feinsten – Tanis ist nur ein durchschnittlicher Koch –, aber es ist gesund. Allerdings nur, wenn du Lust hast, einem sterbenden Zwerg Gesellschaft zu leisten.« Er hustete schwach.

Flint, der in seiner Decke dasaß und seine fast leere Tasse umklammerte, bot einen so mitleiderregenden Anblick, daß Solostaran in Gelächter ausbrach.

»Sterben, Flint? Das glaube ich nicht. Du bist der Gesündeste von uns allen – körperlich und auch sonst.«

Nachdem er mit Flint allein war, legte die Stimme einen Teil ihrer Förmlichkeit ab. Solostaran goß Flint neuen Tee ein, ignorierte die unter Niesen vorgebrachte Bitte des Zwergs um »einen letzten Krug Bier, bevor ich sterbe«, und beschloß, sich doch einen Becher Elfenblütenglühwein zu gönnen. Mit einer Handbewegung tat er Flints Anstalten ab, ihm den Wein zuzubereiten, erhitzte das Getränk und versetzte es mit einer Prise Gewürze, die er in einem kleinen Tonkrug in Flints Schrank fand. Zum Trinken machte es sich die Stimme auf der hölzernen Truhe bequem, die Flints wenige Kleidung enthielt. Das ist jetzt der Anführer aller Qualinesti-Elfen, der mir gerade Tee serviert hat, dachte Flint und staunte über sein Glück.

»Ich habe einen Schmiedeauftrag für dich, Meister Feuerschmied, wenn du gesund genug und dazu bereit bist.«

»Ich bin gesund genug. Und wann war ich jemals nicht bereit?« gab Flint zurück, weil er recht gut wußte, daß er mit weniger Etikette auskommen konnte, wenn er mit seinem Freund allein war. Allerdings mahnte ihn Solostarans kürzliche Demonstration seiner Autorität, die Freundschaft nicht zu sehr zu beanspruchen. »Sir.«

Solostaran warf Flint einen kurzen Blick zu und betrachtete dann eingehend die ordentliche Hütte des Zwergs, die gepflegte Esse und die feuchten Kleider, die – einschließlich der smaragdgrünen Tunika, die die Stimme dem Zwerg vor zwanzig Jahren hatte machen lassen – über zwei Stühlen ausgebreitet waren. Die Stiefel, deren Leder beim Trocknen bereits spröde wurde, waren mehrere Fuß vor der Esse unter Flints Tisch abgestellt. Der Raum roch nach nasser Wolle.

Als Solostaran endlich sprach, klang seine Stimme müde. Er nahm einen Schluck Wein. »Du fragst dich vielleicht, warum ich solche Unverschämtheit von einem Mitglied meines Hofes dulde«, sagte er.

»Eigentlich fand ich, es ginge mich nichts ...«

»Wie du weißt, stammt Tyresian aus einer der höchsten Familien in Qualinost – der Dritten Familie. Tyresians Vater hat mir vor Jahren einen großen Dienst erwiesen, und zwar so groß, daß ich ohne seinen damaligen Beistand heute vielleicht nicht die Stimme wäre.«

Flint fragte sich, was für eine gute Tat das gewesen sein mochte, aber er dachte, daß Solostaran es ihm schon sagen würde, wenn er es ihm mitteilen wollte. So schlürfte der Zwerg lieber seinen Tee, schob seine Füße näher ans Feuer und wartete.

»Tyresian ist einer der besten Bogenschützen am Hof«, meinte Solostaran nachdenklich und gleichermaßen abwesend. Draußen neigte sich die Sonne allmählich dem Horizont entgegen und legte Qualinost in ein buttergelbes Licht. Es sieht mehr nach Herbst aus als nach Frühling, dachte der Zwerg, richtete dann aber seine Aufmerksamkeit mit Mühe wieder auf die Stimme, als der Elfenherrscher fortfuhr. »Er ist hart mit Tanis umgesprungen, dessen bin ich mir bewußt – ja, mein Freund, ich weiß mehr von dem, was bei Hof vor sich geht, als ich preisgebe –, aber ich kann nicht übersehen, daß Tanis mit dem Langbogen dank Tyresians Unterricht fast so gut umgeht wie Tyresian selbst. Ich wünschte nur, Tyresian wäre nicht so ... so ...« Solostaran suchte nach dem Wort.

»... so konservativ elfisch?« half Flint aus.

»... so starrsinnig.«

Flint kippte den Rest seines Tees herunter. Er wagte nicht, der Stimme einen Blick zuzuwerfen, bevor er den letzten Tropfen geleert hatte. Dennoch sah Solostaran ihn durchdringend an, als Flint aufsah. Das Gesicht des Elfen war leicht gesenkt, so daß man durch die goldenen Haare seine spitzen Ohren sehen konnte.

»Wenn wir Elfen dir starrsinnig erscheinen, Meister Feuerschmied«, sagte Solostaran freundlich, aber bestimmt, »dann versuch, daran zu denken, daß unsere ›starrsinnige‹ elfische Hingabe an Tradition und Beständigkeit uns geschützt hat, während andere, veränderlichere Rassen im Chaos gescheitert sind. Darum gehe ich so behutsam vor, wenn ich mehr Handel mit fremden Nationen zulasse – obwohl manchen Höflingen jedwede Änderung der Tradition widerstrebt –, und darum nehme ich Vorbehalte wie von Tyresian und Xenoth sehr ernst.«

Der Zwerg nickte, und die Stimme fügte rasch hinzu: »Aber ich bin aus einem bestimmten Grund hier – außer dem Wunsch, jenen Gerüchten nachzugehen, die behaupten, daß mein lieber Freund in den letzten Zügen liegt. Glücklicherweise entsprechen diese Gerüchte nicht der Wahrheit.«

Das ist noch gar nicht so sicher, wollte der Zwerg sagen, hielt aber den Mund. Er sah die Stimme nur an, die fragte: »Hast du von dem Fest gehört, das wir das *Kentommen* nennen?«

Flint nickte, worauf der goldgekleidete Lord fortfuhr: »Wir

haben im vergangenen Winter viel Zeit mit der Planung von Porthios' *Kentommen* verbracht, das in knapp zwei Monaten im Sonnenturm gefeiert wird.«

Die beiden sahen einander über den einfachen Steinboden des Häuschens an. Dann warf Solostaran einen Blick auf die Schmiede.

»Ich möchte, daß du einen speziellen Orden für diese Gelegenheit entwirfst. Ich würde Porthios diese wertvolle Medaille dann während des *Kentommen* überreichen.«

Die Stimme der Sonne holte tief Luft. »Ich möchte den Elfenadel mit dieser Zeremonie wieder zusammenschweißen, Meister Feuerschmied. Ich fürchte, daß die … Veränderungen … der letzten Jahre eine gewisse Spaltung mit sich gebracht haben, und ich möchte, daß diese Zeremonie sie erkennen läßt, daß ich mich gewissen«, er lächelte, »unveränderlichen Elfentraditionen verpflichtet fühle.

Ich brauche wohl nicht zu sagen, mein Freund, daß der Erfolg dieser Zeremonie viel dazu beitragen kann, Porthios' Anspruch auf das Amt der Stimme zu festigen. Und deine Medaille, die ich ihm überreiche, wäre ein Teil davon.«

»Hast du dir schon etwas ausgedacht?« fragte Flint.

Solostaran stand auf und stellte seinen leeren Becher auf den Tisch. »Ich habe natürlich Vorstellungen, aber ich würde lieber sehen, was du dir ausdenkst. Von allen Leuten aus meiner Umgebung kennst du mich vielleicht am besten, Meister Feuerschmied. Und dieses *Wissen* könnte dir jetzt gut zustatten kommen.«

Er schwieg, als würde er an etwas denken, das gar nichts mit dem Thema zu tun hatte, so daß Flint nur ruhig sagte: »Ich würde mich geehrt fühlen, einen solchen Orden für das Fest anzufertigen.«

Solostaran sah auf und lächelte. Seine Augen schimmerten warm, was selten vorkam. »Danke, Flint.« Auf einmal sah der Zwerg, wie müde die Stimme wirkte, als hätte sie nächtelang unruhig – oder gar nicht – geschlafen. Die Stimme schien das Mitgefühl in Flints Blick zu entdecken. »Der Weg zu meinem Amt ist voller Hürden, Flint. Schau nur meine eigene Familie an.«

Flint, der beschlossen hatte, daß er wohl doch nicht sterben würde, schob die Decke zurück, griff zu seiner Holztruhe und zog ein frisches Hemd heraus: Weißes Leinen, das am Kragen mit Espenblättern bestickt war, ein Geschenk des Schneiders der Stimme. Er zog sich das Hemd über den Kopf. »Du spielst auf den Tod von Tanis' Vat ... deinem Bruder an?«

»Den Tod von Kethrenan und Elansa, sicher«, stimmte Solostaran zu, »aber auch den Tod von Arelas, meinem jüngsten Bruder. Meine Eltern hatten drei Kinder, aber nur eins überlebte. Qualinost kann durchaus erleben, daß das Amt der Stimme nicht an Porthios fällt, sondern an Gilthanas oder sogar an Laurana, wenn das Schicksal es will.«

»Arelas?« hakte Flint nach.

»Arelas kam nur wenige Jahre nach Kethrenan zur Welt, und er starb kurz nach dem Tod meines mittleren Bruders.«

»Was für eine schlimme Zeit für dich«, sagte der Zwerg leise.

Solostaran blickte auf. »Für uns alle, ja. Kethrenan starb, und Elansa war wie ein lebender Geist, während sie auf die Geburt ihres Kindes wartete. Der ganze Hof war wie gelähmt.« Er sah zu, wie sich der Zwerg in grüne Hosen und dunkelbraune Wollsocken zwängte. »Dann berichtete jemand, der nach Kargod gereist war, daß Arelas die Stadt verlassen hätte und zurückkäme.«

Er lächelte. »Du hättest erleben sollen, was auf einmal am Hof los war, mein Freund. Mein jüngster Bruder hatte Qualinost Jahrzehnte vorher als kleines Kind verlassen und war nie zurückgekehrt. Dann sollte er mitten in diesem ganzen ... diesem Schmerz zurückkehren.

Mir kam es vor, als hätte ich den einen Bruder verloren, aber einen anderen geschenkt bekommen, und obwohl die Trauer um Kethrenan immer noch groß war, lag ein gewisser Trost in der Gewißheit, daß ich endlich diesen kleinen Bruder kennenlernen würde. Ich hatte Arelas kaum gekannt, weißt du. Er hatte den Hof schon sehr früh verlassen.«

Flint grübelte. Warum sollte eine Adelsfamilie von Qualinost ihr jüngstes Kind wegschicken? Obwohl er nichts sagte, war die Frage wohl in seien Augen zu lesen.

»Arelas war als Kind sehr krank. Er war mehrfach dem Tode nahe, und die Elfenheiler schienen ihm nicht helfen zu können. Schließlich ordnete mein Vater, die Stimme, an, daß man ihn zu ein paar Klerikern bei Kargod, jenseits der Straße von Schallmeer, schicken sollte. Dort war ein Elfenkleriker, den mein Vater kannte, und der sehr erfolgreich bei scheinbar hoffnungslosen Krankheitsfällen war.

Dort entwickelte sich Arelas so gut, daß der Kleriker ihn nach einem Jahr wieder zurückschickte. Hier aber wurde er bald erneut krank. Es sah fast so aus, als würde etwas in Qualinost an ihm zehren, an seiner Kraft nagen. Weil mein Vater Angst hatte, seinen jüngsten Sohn zu verlieren, schickte er ihn zu seinem eigenen Besten erneut nach Kargod. Es gab keine Besuche. Du weißt ja, die höchsten Familien verlassen Qualinost nur selten, mitunter niemals. Aber wir erhielten regelmäßig Berichte, daß es Arelas gutging.«

Flint rückte näher an die Stimme heran. Das einzige Licht in Flints Laden, das Schmiedefeuer, beleuchtete Solostarans Gesicht flackernd. »Als Arelas zurückkam, passierte etwas?«

Solostaran runzelte die Stirn. »Er ist nie angekommen. Die Wochen vergingen, bis ich dachte, meine Mutter würde vor Ungewißheit dahinsiechen und sterben.« Er zuckte mit den Schultern. »Dann erhielten wir Nachricht durch Miral, der einen Brief meines Bruders bei sich hatte und die traurige Geschichte erzählte, wie Räuber ihn getötet hatten. Der Brief sagte uns, wie Arelas uns liebte, wie er Miral verpflichtet war, und bat darum, daß ich Miral eine Stellung bei Hof verschaffen sollte.«

Er lächelte traurig. »Es war klar, daß Miral ein Zauberer von sehr begrenzter Macht war. Er konnte ein bißchen zaubern, Magenschmerzen und Kopfschmerzen lindern und kleinere Illusionen erschaffen. Aber nicht viel mehr.«

Flint erinnerte sich daran, wie der Magier ihm bei seinem Erstickungsanfall nach seiner ersten Begegnung mit Elfenblütenwein geholfen hatte. »Solche Fähigkeiten sind nicht zu unterschätzen«, sagte er.

Solostaran ging zur Tür und berührte sanft die Kletterrose, die um den Eingang herum blühte. »Miral ist ein kluger, freundlicher Elf, und obwohl er als Zauberer wenig taugt, war er ein guter Lehrer für Tanis, Gilthanas und Laurana. Ich habe meine Entscheidung, ihn hier leben zu lassen, nie bereut.«

Die Stimme warf einen Blick auf das spätnachmittägliche Treiben der Elfen, die die Geschäfte des Tages zu Ende brachten. »Ich bin spät dran«, sagte er schlicht und brach das Gespräch ab.

Kapitel 10

Großer Markt

Nach dem Training bei Tyresian streifte Tanis ziellos durch die Straßen der Stadt. Die Wolken, deren Regen ihn und Flint erst vor wenigen Stunden durchnäßt hatte, hatten sich aufgelöst. Das schwere Gold des Nachmittags mischte sich mit dem zunehmenden Violett der Dämmerung, und die Luft duftete süß nach Frühlingsblüten.

Im Norden glitzerte der Sonnenturm. Im Zentrum der Stadt breitete sich der Himmelssaal aus.

Im Westen der Stadt jedoch lag das, was manche als das größte Wunder von Qualinost ansahen, und dorthin lenkte Tanis seine Schritte.

In eine natürliche Erdmulde war ein gewaltiges Amphitheater gesetzt worden. Die einzigen Sitzplätze waren die sanften, grasbewachsenen Hänge selbst, die eine große Bühne in der Mitte des Theaters umgaben. Der kreisrunde Platz war mit jenen Mosaikfliesen ausgelegt, für die Qualinost berühmt war. Dieses Mosaik zeigte in strahlenden Farben die Ankunft von Kith-Kanan und seinem Volk im Wald von Qualinost. Das Mosaik füllte die gesamte Oberfläche des Kreises aus, und Tanis hatte immer geglaubt, daß es so viele glänzende Steinchen enthielt, wie Sterne am Nachthimmel standen.

Hier spielte man nach Sonnenuntergang im flackernden Licht von tausend Fackeln die alten Dramen, die von den Dichtern von Qualinost vor langer Zeit für Kith-Kanans Augen geschrieben worden waren. Auch Philosophen betraten den Kreis, um ihre Reden zu schwingen, und Musiker zeigten ihre Kunst, während das Volk von Qualinesti zusah.

Tagsüber diente das Amphitheater einem anderen Zweck – dem Großen Markt. Dorthin kamen die besten Handwerker von Qualinost, breiteten Tücher auf dem Boden aus und boten darauf ihre Waren feil, während bunte Seidenfahnen im Wind flatterten. An Markttagen war das Mosaik von Kith-Kanan unter den unzähligen grünen Seidenzelten, Holzständen und Wollteppichen, die darauf ausgebreitet waren, nicht mehr zu sehen. Alles, was man sich nur vorstellen konnte, war zu bekommen: scharfe Gewürze, lackierte Kästchen, blitzende Dolche mit juwelenbesetztem Heft und frischgebackener Kuchen, der in der feuchten Luft noch etwas dampfte. Auch gewöhnliche Handwerker brachten ihre Waren zum Verkauf hierher. Es gab Korbmacher, Töpfer, Weber und Bäcker, denn nicht jeder Elf in Qualinost war glücklich – oder wohlhabend – genug, einen Platz am Hof der Stimme zu haben. Obwohl in Qualinost niemand hungern und niemand in Lumpen gehen mußte, gab es wie in jeder Stadt einige wenige, die Reichtum und Macht besaßen, gegenüber der viel größeren Zahl der einfachen

Leute. Die meisten dieser Elfen waren allerdings auch nicht allzu versessen auf den glitzernden Hof. Sie waren zufrieden, wenn die Reichen ihren kleinen Intrigen und Hofvergnügungen nachgingen, solange sie sich nicht allzusehr in ihren Alltag einmischten.

Die meisten Elfen auf dem Markt waren einfache Leute aus Qualinost. Die Adligen mieden den Großen Markt eher, bis auf wenige Festtage, und schickten statt dessen ihre Diener oder Knappen, wenn sie irgend etwas brauchten. Das allerdings paßte diesen Dienern und Knappen ganz gut, denn es gab ihnen Gelegenheit, ihren edlen Herrschaften zumindest zeitweise zu entkommen.

Auch wenn diese Elfen ebenso schön anzusehen waren und ebenso wohlklingend redeten wie jeder Höfling im Turm – obwohl sie eher weiches Hirschleder und helle Wollmäntel anstelle von Wams und Mantel und goldener Robe trugen –, schien von ihnen eine herzliche Wärme auszugehen, und Tanis fühlte sich auf dem Markt viel wohler als in den Gemächern des Turms oder auf den Gängen des Palastes. Tanis wurde auch hier wegen seines fremdartigen Aussehens angestarrt, doch waren die Blicke eher neugierig als mißbilligend. Auf jeden Fall war ein schiefer Blick auf dem Markt viel seltener als ein fröhliches Lächeln oder Nicken.

Als Tanis heute ankam, wurde der Markt gerade im letzten Sonnenlicht abgebaut. Der Halbelf stieg die Steintreppe zu dem runden Mosaik hinunter, wo die Händler ihre Waren einpackten. Er probierte ein Kupferarmband an und untersuchte einen Köcher mit gelb-grün bemalten Pfeilen, doch er hatte seine kleine Geldbörse im Palast gelassen und mußte die Verkäufer leider enttäuschen, die auf ein letztes Geschäft gehofft hatten.

Er wollte den Markt gerade verlassen, als ihm eine große, vertraute Gestalt auffiel, die aufgrund des überquellenden, blonden Haars und der zarten Figur selbst aus der Entfernung und in der Menge zu erkennen war. Es war Laurana in Begleitung ihres Bruders Gilthanas.

Tanis holte tief Luft und versuchte, sich hinter einem Töpferstand zu verstecken, aber ein alter Elf schob ihn freundlich zurück.

»Das Geschäft ist zu«, unterrichtete er den Halbelfen.

»Aber ...«, sagte Tanis.

»Der Markt ist vorbei«, sagte der Elf nachdrücklich. »Komm morgen wieder.«

Tanis stolperte zurück, doch bevor er sich umdrehen und davonrennen konnte, sah er, daß Lauranas grüne Augen ihn entdeckt hatten. Er schluckte. Jetzt konnte er nicht mehr wegrennen, nicht nachdem die junge Elfenlady ihn gesehen hatte. Gerade hatten sich ihre korallenroten Lippen zu einem strahlenden Lächeln geöffnet, und mit einer erstaunlichen Mischung aus Entschlossenheit und Anmut eilte sie über den Marktplatz. Die Männer und Frauen an den Ständen hielten in ihrer Arbeit inne und betrachteten respektvoll und bewundernd, wie sie vorbeilief. Gilthanas folgte ihr, wirkte aber weniger erfreut als sie.

»Tanis!« rief Laurana, als sie sich dem Halbelfen näherte. Ihre Stimme tönte wie eine Glocke. Sie breitete die Arme aus und umfing Tanis in einer kurzen Umarmung. Dann drehte sie sich zu Gilthanas um und sagte: »Ich habe Tanis schon fast eine Woche nicht gesehen. Ich glaube, er geht uns aus dem Weg.«

Gilthanas strich sich das goldblonde Haar aus der Stirn. Er sah aus, als wäre das ganz in seinem Sinne.

Tanis seufzte und fühlte sich unbehaglich, weil ihm überdeutlich bewußt war, daß die Tochter der Stimme immer noch seine Hand festhielt – und daß die Leute um die drei herum die Begrüßung mitbekamen und die Augenbrauen hochzogen. Er versuchte, sich ihrem Griff zu entziehen, und Laurana ließ ihn los. Dabei runzelte sie ein wenig die Stirn.

Überraschenderweise war es Gilthanas, der Laurana ablenkte, indem er fragte, ob Tanis morgen zu der großen Bekanntmachung in den Turm kommen würde.

»Worum geht's denn?« fragte Tanis. Laurana wich einen Schritt zurück, zog einen kleinen Schmollmund, schien dann aber ihre Meinung zu ändern und beteiligte sich an dem Gespräch. Mit ihren dreißig Jahren war sie halb Frau, halb Mädchen, und Tanis wußte nie, welcher Teil ihres Wesens zum Vorschein kommen würde, wenn er mit ihr sprach. Infolgedessen hatte er sie tatsächlich gemieden.

»Ich weiß nicht, worum es geht«, sagte sie. »Vater sagt es niemandem. Ich weiß nur, daß er sich quält und Lord Xenoth sich freut, und das gibt mir immer zu denken.«

»Du siehst heute großartig aus, Tanis«, meinte sie unvermittelt. Ihr gründer Seidenanzug schimmerte im Abendlicht. Ganz plötzlich war er sich seines menschlichen Bluts ganz deutlich bewußt. Er fühlte sich wie ein riesengroßer Trampel. Auch wenn es noch Jahre dauern würde, bis sie bei den Elfen als »erwachsen« gelten würde, hatte sie ihre volle Größe schon erreicht, war aber dennoch so leicht und frisch und schnell, daß er sich neben ihr wie ein Oger vorkam.

Gilthanas legte seiner Schwester mit ärgerlicher Miene eine Hand auf den Arm und sagte warnend: »Laurana ...« Tanis wurde rot und blickte an sich hinunter auf die Kleidung, die sie gelobt hatte: ein himmelblaues Hemd unter einer federnbesetzten Lederweste und braune Hosen aus sehr weicher Wolle. Er zog perlenbesetzte Mokassins noch immer den gebräuchlicheren Elfenstiefeln vor. Das war eine Gewohnheit, die er nur schwer ablegen konnte.

Laurana riß sich ruckartig los, und plötzlich sah Tanis das verwöhnte Mädchen, das sie bis vor wenigen Jahren gewesen war. Ihre Stimme jedoch war die einer Frau. »Gilthanas, ich mache, was mir paßt«, schimpfte sie. »Wir haben darüber bereits geredet. Jetzt laß das.«

Tanis war unbehaglich zumute. Die Tage, in denen Gilthanas

und er gemeinsam durch die Stadt gelaufen oder durch den Wald gestreift waren, schienen jetzt weit entfernt, als wenn sie mehr Traum als Realität gewesen wären. Sie waren Freunde gewesen. Jetzt wußte Tanis nichts zu sagen und trat von einem Fuß auf den anderen.

Gilthanas nickte den beiden kurz zu. »Dann gehe ich eben.« Er fuhr herum und stolzierte durch die aufbrechenden Händler und ihre Karren davon.

»Tut mir leid«, sagte Tanis, mehr zu sich selbst als zu Laurana, doch das Elfenmädchen hatte ihn anscheinend nicht gehört. Statt dessen nahm sie seine Hand und zog ihn mit sich über den Markt.

»Ich weiß nicht, was Vater für morgen vorhat«, beklagte sie sich. »Ich weiß nur, daß keiner von der Regierung jemals einfach rauskommt und etwas sagt. Selbst dic gcwöhnlichste Bekanntmachung wird von Bergen von Pergament, meterweise Bändern und kannenweise Siegelwachs begleitet.«

Tanis merkte, daß er lächelte. Trotz einer gewissen Übertreibung hatte Laurana recht.

»Vielleicht kündigen sie morgen den Nationaltag des Elfenblütenweins an«, schlug er vor.

Tanis war so selten ironisch, und Laurana brauchte einen Augenblick, um ihn zu verstehen. Sie lachte. »Oder sie beschließen, daß jeder Elf zu jeder Mahlzeit *Quith-Pa* essen muß.«

Sie kicherte wieder, und plötzlich fühlte sich Tanis wie ein Kind – nicht der verdrossene Junge, der er gewesen war, sondern das sorgenlose Kind, das er unter anderen Umständen hätte sein können. Der Gedanke stimmte ihn zugleich froh und traurig.

Wie fast immer setzte sich die Traurigkeit durch. »Höchstwahrscheinlich hat es etwas mit dem Tylor zu tun«, sagte Tanis.

Laurana fröstelte. »Das ist sicher richtig. Die Palastwache

war den ganzen Tag draußen, aber keiner konnte das Biest finden.«

Sie versank in Gedanken, und er fragte sich, in welche Richtung das Gespräch jetzt wohl weitergehen würde.

Sie hatten den Rand von Kith-Kanans Mosaik erreicht und den Marktlärm hinter sich gelassen. Laurana zog ihn die Steinstufen hoch, und dann folgte er ihr durch eine Lücke in den blühenden Fliederbüschen am Rand des Mosaiks auf eine kleine Lichtung. Die Büsche dämpften die Geräusche vom Platz. Plötzlich war sich Tanis bewußt, wie allein sie waren.

Laurana zog ein kleines Päckchen aus der Tasche. »Ich habe etwas für dich«, sagte sie. »Ich hab's die ganze Woche dabeigehabt, weil ich hoffte, ich würde dich treffen.«

»Was ist es denn?« fragte er verwirrt, doch Laurana lächelte nur geheimnisvoll. In diesem Augenblick war sie ganz und gar kein Kind mehr, und Tanis trat verlegen auf den anderen Fuß.

»Du wirst schon sehen«, sagte sie. Dann stellte sie sich plötzlich auf die Zehenspitzen und küßte ihn auf die Wange, wobei sie seine Bartstoppeln ignorierte. Ihre Berührung war so kühl und weich wie die Frühlingsluft. Gleich darauf war sie durch den Flieder geschlüpft und nicht mehr zu sehen. Nur ein leichter Minzeduft hing noch da, wo sie gestanden hatte, in der Luft. Verwundert faßte sich Tanis an die Wange. Er war unsicher, was sie im Sinn hatte. Dann wickelte er achselzuckend das Päckchen aus.

Trotz der warmen Frühlingsluft wurde es Tanis plötzlich kalt im Bauch. Auf seiner Handfläche schimmerte im Sonnenlicht, das durch die jungen Blätter der Bäume fiel, ein Ring. Es war ein einfacher Ring aus sieben winzigen, miteinander verwobenen Efeublättern, der so hell und golden strahlte wie das Haar der Elfenfrau, von der er ihn bekommen hatte. Er war hübsch und zart, ein Ring, den man seinem Liebsten an die Hand stecken würde. Tanis schüttelte den Kopf und schloß die Faust um das Stück.

Immer noch kopfschüttelnd, trat Tanis kurz darauf aus den Fliederbüschen und ließ den schmalen Ring in seiner Westentasche verschwinden, bis er dessen Bedeutung verstehen würde.

»Interessant«, sagte eine kalte Stimme.

Tanis fuhr herum. Oben auf den Stufen stand schäumend vor Wut unter den Blicken mehrerer beladener Händler, die vorbei wollten, Lord Xenoth.

»Tanthalas Halbelf«, sagte der Elfenlord unheilvoll. »Das wirst du noch bereuen.«

Als Tanis verwirrt zusah, wie Lord Xenoth verstimmt davonging, hatte er keinen Zweifel daran, daß der Elfenlord recht hatte.

Kapitel 11

Besuch aus der Vergangenheit

Der Klang von Hammerschlägen tönte wie klare Musik durch die Morgenluft des Frühlingstags. Flint grinste grimmig, während er den rotglühenden Stahlstab bearbeitete und das Metall hin und wieder in das halbe Faß Wasser tauchte. Der Schweiß trat ihm auf die Stirn und tropfte von seinen rußgeschwärzten Brauen.

Er hatte am Vortag spät begonnen, seine Decke auf das Feldbett geworfen und einen Krug Bier heruntergekippt – für seine schwache Gesundheit, hatte er gemeint –, um dann die Esse zu schüren und unregelmäßige Eisenstücke zu mehreren kleinen Metallbarren zurechtzuhämmern. Er schlug die Barren zu

Streifen und erhitzte diese im Holzkohlenfeuer auf eine hohe Temperatur, wodurch er Flußstahl erhielt. Dann legte er die Streifen aufeinander und machte daraus einen Stab, den er immer wieder in der Kohle erhitzte und dann im kalten Wasser löschte, um das Metall zu härten.

Jetzt war das Stück Stahl dünn und gleichmäßig genug, und er hob es mit Eisenzangen aus der Hitze der Esse und löschte es wieder. Wie der Atem eines Märchendrachens zischten Dampfwolken in die Luft, bis das Metall endlich abgekühlt war. Flint legte es auf seine Werkbank und musterte es kritisch. Es war immer noch roh und unfertig – eigentlich nichts weiter als ein platter Stahlstreifen –, aber schon bald genug würde es etwas ganz anderes sein: ein hinreißendes Schwert. Flints blaue Augen glänzten, denn unter der schwarzen Oberfläche des Stahlstücks konnte er schon die fertige Waffe sehen, wie sie glatt und schimmernd dalag.

Der Zwerg wischte sich Schweiß und Dreck von der Stirn und trank etwas Wasser aus der Blechkelle, die in der Ecke in einem Eimer steckte. Dann setzte er sich auf einen niedrigen Holzstuhl und schloß einen Moment die Augen. Erst vor zwei Tagen war er in Qualinost angekommen, und schon kam es ihm so vor, als wäre er den Winter über gar nicht fortgewesen. Wie lange war der Tag her, an dem er die Stadt zum ersten Mal betreten hatte? Ziemlich genau zwanzig Jahre, dachte er, während er die Augen aufschlug, um aus dem Fenster zu sehen.

Draußen blitzten die jungen Espenblätter smaragdgrün und silbern im Sonnenlicht.

Er fühlte sich in Qualinost wohl, und trotz der gelegentlichen unfreundlichen Blicke von Lord Xenoth, Litanas, Ulthen und Tyresian – Blicke, die wegen Flints Vertrautheit mit der Stimme der Sonne selten zu Kommentaren führten – kam es dem Zwerg fast so vor, als wenn er mehr in diese Elfenstadt gehörte als an jeden anderen Ort in Krynn. Nicht zum ersten Mal fragte er sich, was wohl seine Verwandten im Zwergendorf Hügelheim jetzt von ihm denken würden.

Ein leises Läuten klang durch die rauchige Luft, und Flint sah, wie sich die Tür zu seinem kleinen Geschäft öffnete. Hastig warf er ein Tuch über das Stahlstück auf der Werkbank. Er wollte die Überraschung nicht verderben.

»Flint! Lebst du noch?« fragte Tanis, der Halbelf, lächelnd. »Und ich dachte schon, ich müßte deine Beerdigung in die Wege leiten.«

Flint griff eilig nach seinem Taschentuch, schnaubte und setzte einen kränklichen Gesichtsausdruck auf. »Wie meine Mutter immer sagte: ›Man soll den Tag nicht vor dem Abend loben‹«, meinte er.

Auf dem Gesicht des Halbelfen stand Unverständnis. Die Sprichwörter von Flints Mutter hatten häufig diese Wirkung. Dann zuckte er mit den Schultern und kam richtig herein. »Hast du Lust zu einem neuen Abenteuer, Flint? Ich dachte, wir könnten vielleicht noch mal nach dem Tylor suchen.«

Unverschämter Kerl, dachte Flint und grinste wieder.

»Du hast es immer noch nicht in deinen Dickschädel gekriegt, was, Junge?« murrte der Zwerg. »Ich hab zu tun. Ich kann nicht den ganzen Tag eitel durch die Straßen stolzieren wie andere Leute.«

Tanis sah lachend an sich hinunter. Er hatte dieselbe Kleidung an, die Laurana gestern auf dem Großen Markt so gut gefallen hatte: blaues Hemd, Fransenweste und Wollhose.

»Flint«, sagte Tanis, dessen nußbraune Augen tanzten, »nimm dir einen Tag frei.«

»Freinehmen?« schnaufte Flint und setzte eine Märtyrermiene auf. »Davon habe ich mein Leben lang noch nicht gehört.«

Da lachte Tanis laut los.

Flint blickte ihn finster an. »Ihr jungen Leute habt aber auch nicht den geringsten Respekt«, grollte er. Junge Leute … die

Worte klangen in ihm nach, bis es ihm plötzlich auffiel, wie es seit seiner Rückkehr nach Solace schon mehrmals gegangen war. Tanis war nicht mehr zu vergleichen mit dem Jungen, der er gewesen war, als Flint damals in die Elfenstadt gekommen war. Schon nach jenem ersten Winter hatte Flint über die Veränderung gestaunt, um wieviel ... doch, wieviel *menschlicher* der Junge gewirkt hatte. Insbesondere im Vergleich zu anderen Elfen, besonders den jüngeren, die sich nur wenig verändert hatten.

Flint selbst sah kaum anders aus als an dem Tag, wo er zum ersten Mal den Sonnenturm betreten hatte, abgesehen vielleicht von den paar grauen Flecken – nun, vielleicht mehr als nur ein paar –, im Bart und im dunklen Haar, das er immer noch mit einer Schnur im Nacken zusammenband. Ein paar Falten in seinem Gesicht waren etwas tiefer geworden, und den Gürtel konnte er nicht mehr so eng schnallen wie früher – diese Veränderung hätte Flint schichtweg abgestritten –, dennoch, er war immer noch derselbe Zwerg mittleren Alters mit hellen strahlenden Augen und seinem vertrauten Grummeln.

Bei Tanis war das anders. Der war in den letzten Jahren groß geworden – nicht so groß wie die Stimme, aber immerhin so, daß Flint ziemlich in die Höhe gucken mußte, um mit ihm zu reden. Die Unterschiede zwischen dem Halbelfen und den reifen Elfen um ihn herum traten jetzt deutlicher hervor. Er war stärker als jeder andere, und seine Brust war breiter, obwohl er im Vergleich zu einem starken Menschen schmal gewirkt hätte. Auch sein Gesicht zeigte, wie er sich verändert hatte. Seinen Zügen mangelte es an der typischen Ebenmäßigkeit der Elfen; sie wirkten nicht wie aus poliertem Alabaster, sondern eher wie aus Stein gemeißelt. Sein Kiefer war eckig, der Nasenrücken stark und gerade und seine Wangenknochen kantig. Und natürlich waren seine Augen weniger mandelförmig als die der anderen Elfen.

Flint wußte, daß Tanis drüben in Solace als schöner, junger

Mann angesehen werden würde, aber hier ... nun, die meisten in der Stadt hatten sich inzwischen anscheinend an ihn gewöhnt, so daß er nicht mehr dauernd angestarrt wurde. Zumindest gab es nur noch selten einen gemurmelten Kommentar, der nie so laut geäußert wurde, daß Tanis oder Flint denjenigen wirklich stellen konnten. Dennoch war es eine schwere Zeit für Tanis gewesen. Menschen alterten so viel schneller als Elfen und Zwerge, daß Tanis sich – für sein Elfenvolk – wie über Nacht verändert hatte.

»Hast du nichts zu tun?« fragte Flint gereizt, wobei er darauf achtete, zwischen Tanis und dem verdeckten Schwert zu stehen.

»Zum Beispiel?« fragte Tanis. Er schien zu merken, daß mit dem Zwerg etwas los war.

»Zum Beispiel alles, was du sonst auch machst«, redete Flint barsch weiter. »Ich bin zu ... zu krank, um dich heute zu unterhalten, Junge. Ich brauche meine Ruhe.« Er schielte aus dem Augenwinkel zu Tanis, um zu sehen, ob der Halbelf ihm das abkaufte.

Tanis schüttelte den Kopf. Also hatte Flint mal wieder einen seiner launischen Tage.

»Na schön, Flint. Ich wollte eigentlich vorschlagen, daß wir uns in ein kleines Abenteuer stürzen«, Flints Augen wurden groß, und er nieste plötzlich gewaltig, »aber ich denke, das kann auf einen anderen Tag warten.« Der Halbelf kratzte sich abwesend am Kinn.

»Du solltest dich lieber mal wieder rasieren«, sagte Flint, »oder es wachsen lassen. Entweder – oder, wenn du nicht wie ein Bandit aussehen willst.«

Tanis fuhr sich überrascht mit der Hand über die Wange, wo er die Stoppeln eines wenige Tage alten Barts fühlte. Ein Geschenk seines Menschenvaters – oder ein Fluch, je nach Betrachtungsweise, fand Tanis. Seit etwa einem Jahr machte sich der Bart bemerkbar, doch Tanis hatte sich immer noch nicht daran gewöhnt. Er mußte mal wieder zu dem Rasiermesser greifen, das Flint ihm gemacht hatte.

»Warum du keinen richtig schönen Bart willst, will mir nicht in den Kopf«, klagte Flint.

Tanis schüttelte abwesend den Kopf. Wachsen lassen? Das konnte er nicht über sich bringen. Flint sah die Geste und beließ es dabei.

»Na schön, Flint, ich überlasse dich deinem Schmollen«, sagte Tanis. »Eigentlich bin ich hier, um dir eine Nachricht zu bringen. Morgen nachmittag gibt es so eine Bekanntmachung am Hof, und die Stimme hat mich gebeten, dich einzuladen.«

»Bekanntmachung?« fragte Flint und zog die buschigen Augenbrauen zusammen. »Weswegen?«

Tanis zuckte wieder mit den Achseln. »Keine Ahnung. Die Stimme hat sich einen Tag lang mit Lord Xenoth und Tyresian zurückgezogen. Ich schätze, du wirst es gleichzeitig mit mir herausfinden.« Mit einem Lächeln verließ der Halbelf den Laden. Die kleine Glocke bimmelte wieder. Flint wartete noch etwas, um ganz sicher zu sein, daß Tanis nicht zurückkam. Erst dann deckte er das Schwert ab und rieb sich die Hände. O ja! Das würde ein wunderbares Schwert werden!

Bald konnte man wieder den Rhythmus seines Hammers vernehmen.

Flints Laden sollte heute noch mehr Gäste sehen. Tanis' Schritte waren auf der Gasse kaum verklungen, als die Glocke schon wieder ertönte. Wieder warf Flint das Tuch über das Schwert und stellte sich eilig vor die Waffe.

Aber es war nicht Tanis. Es war eine alte Frau, die selbst für eine Elfin alt war – doch Flint glaubte, auch einen Schuß Menschenblut wahrnehmen zu können. Sie war klein und drahtig und für eine Elfin auffällig gekleidet. Elfen liebten fließende Gewänder, doch die Alte trug ein lockeres grünes Oberteil aus einem Webstoff und einen angekräuselten Wollrock. Der Rock reichte fast bis zum Boden, wodurch sie noch kleiner wirkte, als sie war. Eigentlich war sie kaum größer als der Zwerg, was er bei einem erwachsenen Elfen noch nie erlebt hatte. Die Augen, die aus dem dreieckigen Gesicht blinzelten, waren rund und nußbraun – ein weiterer Hinweis auf menschliche Vorfahren. Flint hätte darauf gewettet, daß das Menschenblut Jahrhunderte vor der Umwälzung in ihre Familie eingeflossen war. Weil ihr Gesicht an den Augen so breit und am Kinn so schmal war, wirkte die alte Frau wie eine Katze. Im Gegensatz zu anderen Elfen hatte sie ihr silbernes Haar zu einem Zopf geflochten und hochgesteckt, wodurch man die Ohren sah, die ihr elfisches Erbe bewiesen. Ihre Finger waren so lang und schlank, daß sie nicht recht zum Rest ihres Körpers zu passen schienen. Wie Tanis trug sie Mokassins, die bei ihr mit dunkellila Perlen bestickt waren, welche zu ihrem Rock paßten. Darüber trug sie einen leichten, fliederfarben und blaßgrün gesprenkelten Umhang mit Kapuze.

An ihrem Rock hing ein Kleinkind, das mit einem fast anbetenden Ausdruck zu der runzligen Frau emporschaute. Der kleine Junge, der noch nicht lange lief, wie man aus seinem Klammern an ihrem Wollrock schließen konnte, lächelte Flint offen an.

»Flink!« sagte der Kleine und wagte es, mit einer Hand loszulassen, damit er auf Flint zeigen konnte. Dabei lächelte er die alte Frau an. »Flink!«

»Flink?« wiederholte der Zwerg, der sich bückte, um dem Kind richtig ins Gesicht sehen zu können. Flints Brauen waren fast bis zum Haaransatz hochgezogen. »Ich kann mich nicht erinnern, dich im Himmelssaal – ah, doch! Letzten Herbst. Da bist du noch nicht gelaufen. Du warst mit deinem großen Bruder da. Ich hab dir was geschenkt – was war das noch?«

Der Kleine schob eine Hand in die Tasche seines bequemen, entengrünen Overalls und brachte ein daumengroßes Stück Quarz zum Vorschein, ein zerfranstes Stück *Quith-Pa* und ein geschnitztes Rotkehlchen. Das Kind legte Flint seine drei Schätze in die Hand und lächelte wieder. Der Zwerg untersuchte die drei, nickte ernst und gab den Stein und das Brot zurück. Dann stand er mit dem Holzvogel in der Hand da und sah die Elfenfrau an.

»Habt Ihr das gemacht?« fragte sie mit einer vollen Stimme, die so klang wie die eines Jahrhunderte jüngeren Elfen. Sie streckte ihren schlanken Finger aus und berührte den Vogel.

Das Rotkehlchen war am Bauch dicker als am Kopf und war unten abgerundet, so daß das Spielzeug, wenn es runterfiel, auf die Seite rollte und sich dann wieder aufrichtete. Flint hatte das einfache Spielzeug aus zwei Holzstücken gemacht und am Boden, zwischen den beiden Teilen, ein schweres Stück Eisen eingearbeitet, damit der Vogel nicht umgeworfen werden konnte.

Flint stubste es noch ein paarmal an, weil ihn das Schaukeln wieder faszinierte, bis er merkte, daß die Frau mit den Haselnußaugen auf eine Antwort wartete und der kleine Junge sein Spielzeug zurückwollte. Der Zwerg gab dem Kleinen seinen Vogel zurück und nickte der Frau zu.

»Ihr seid Flint Feuerschmied«, stellte sie fest. Das war keine Frage.

Flint nickte wieder.

»Ich möchte Spielsachen bei Euch kaufen«, sagte sie ohne Umschweife.

»Nun«, sagte Flint gedehnt, »das könnte ein Problem sein.«

»Warum?« wollte sie wissen.

Der Zwerg sah an ihr vorbei zu dem Eichenschrank. »Erstens *verkaufe* ich kein Spielzeug. Ich verschenke es. Und zweitens verkaufe ich es nicht an Fremde.«

Ihre klaren Züge nahmen einen beleidigten Ausdruck an, und sie drehte sich so abrupt um, daß das Kind praktisch umgefegt wurde. »Nun, ich denke, das war's dann, Meister Feuerschmied«, sagte sie und wollte die Tür öffnen.

Flint holte tief Luft, während die Hand der Frau sich schon auf die Türklinke legte. »Wenn Ihr Euch natürlich dazu durchringen könntet, Euch vorzustellen, wärt Ihr ja keine Fremde mehr«, sagte er ruhig, während er die Nägel seiner linken Hand begutachtete und mit einem Eisensplitter den Ruß herauspulte, der darunter saß.

Die Frau blieb mit dem Rücken zu Flint stehen und schien nachzudenken. Dann fuhr sie mit blitzenden Augen herum »Ailea«, erklärte sie schroff. »Eld Ailea für die, die mich gut kennen.« (»Eld« bedeutet in der Elfensprache »Tante«.)

Flint senkte den Kopf. »Und ich bin Flint Feuerschmied.«

»Ich wei ...«, setzte sie an, seufzte dann aber und wartete.

»Und«, fuhr er fort, als wenn sie nichts gesagt hätte, »obwohl ich keine Spielsachen an Fremde verkaufe, könnte ich doch einer Freundin welche *schenken.*«

Sie seufzte erneut, doch diesmal stahl sich ein schwaches Lächeln auf ihre dünnen Lippen. Sie glich einer Katze aus Abanasinia, der man eine lang ersehnte Belohnung vorsetzt. Aber ihre Worte verrieten Ärger. »Ich habe schon gehört, daß Ihr so seid, Meister Feuerschmied«, gab sie zur Antwort.

Flint ging hinüber und machte den Schrank auf, um die vielen Spielsachen zu zeigen, die er den Winter über in Solace geschnitzt hatte. Ein paar hatten die Flucht auf dem Rücken eines tylorscheuen Maultiers nicht überlebt, aber die meisten waren noch gut. Er betrachtete den Schrankinhalt, suchte eine Pfeife aus, die der Kleine nicht verschlucken konnte und gab sie dem Jungen in die Hand. Der blies so wild hinein, daß der Zwerg auf der Stelle wünschte, er hätte etwas anderes ausgewählt. Flints dicke Hände glitten weiter über das Spielzeug, nahmen eins hier, eins da heraus, bis über ein Dutzend in den Vordertaschen seiner losen Ledertunika steckten.

Minuten später saß das Kind glücklich am Ende von Flints Feldbett, baute auf seiner Kleidertruhe einen Haufen Holztiere auf und stieß zwischendurch lustvoll in die Pfeife. Flint wartete, daß das Wasser in dem Eisenkessel über der Esse kochte, und Eld Ailea füllte eine verlockende Mischung aus getrockneten Orangenschalen, Zimtstückchen und Tee in ein Teesieb. Sie hielt inne, um an dem Gemisch zu riechen. »Wunderbar«, sagte sie leise seufzend. »Das erinnert mich an den Tee, den wir in meiner Familie tranken, als ich klein war.«

»Wo seid Ihr aufgewachsen?« fragte Flint spontan. Der Gewürztee, den er jedes Jahr aus Solace mitbrachte, war eher eine Menschenspezialität als eine elfische.

»In Kargod«, sagte sie. »Mein Vater wurde aus Qualinost verbannt.«

»Weshalb?« fragte Flint, ohne nachzudenken. Die Elfen verbannten selten jemanden. Es mußte nach den Gesetzen der Qualinesti ein wirklich schweres Verbrechen gewesen sein.

»Er war der Kopf einer Bewegung, die Qualinesti für Ausländer öffnen wollte«, erläuterte sie. »Er wurde verbannt. Seine Familie kam natürlich mit. Schließlich ließen wir uns in Kargod nieder, wo die Familie entfernte Verwandte hatte.« Menschliche, dachte Flint. Da ist das Bindeglied. »Ich wurde von ein paar Klerikern zur Hebamme ausgebildet, und als ich alt genug war, kehrte ich hierher zurück.«

»Warum?« Das Wasser kochte, und Flint hob den Kessel vom Feuer. Mit einer dicken Wollsocke als Topflappen – fast sauber, fand er, da er sie erst einen Tag getragen hatte – hob er den Topf über den Tisch und goß Wasser über die Teeblätter in eine schwere Keramikkanne.

Ein trauriger Ausdruck glitt über Eld Aileas Gesicht, war jedoch so schnell verschwunden, daß Flint sich nicht sicher war, ob er tatsächlich dagewesen war. »Ich hatte keine Freunde außer Menschen, und als ich endlich erwachsen war, waren sie alle aus Altersgründen gestorben. Ich kannte ein paar kleine Zaubertricks – Tränke gegen Wehenschmerzen, Illusionen, um Kinder zu beschäftigen, und so –, aber ich konnte nichts dagegen tun, daß meine Jugendfreunde alterten und starben.«

Flint fragte sich, ob unter diesen vor langer Zeit verstorbenen Freunden ein besonderer Mann, ein geliebter Mensch, gewesen war, dessen Tod die Trauer in den Augen der alten Elfin verursacht hatte. Während sie so am Tisch saß und gedankenverloren das Teesieb durch die Kanne zog, sah sie ins Leere und sagte beiläufig: »Meine Eltern waren tot. Es gab nicht viele andere Elfen in Kargod. Ich war einsam, deshalb kam ich hierher zurück.«

Ein Hauch von Zimt und Orange wehte von der dicken Kanne herüber. Das Kind drüben auf Flints Feldbett war auf dem Rücken eingeschlafen, eine kleine Holzkuh in der einen Faust, ein Schaf in der anderen. Eld Ailea fuhr – plötzlich fröhlicher – fort: »Ich passe hierher besser als dorthin.«

Sie sah auf und mußte das Mitgefühl in Flints Blick bemerkt haben, denn ärgerlich kniff sie die grünbraunen Augen zusammen. »Werdet bloß nicht mitleidig, Meister Flint Feuerschmied«, sagte sie. »Ich habe meinen Weg selbst gewählt.«

Er suchte nach passenden Worten.

»Kann ich Euch bestimmt kein Bier anbieten?« fragte Flint.

Eld Ailea warf ihm einen strengen Blick zu. »Ich bin im Dienst«, sagte sie nur.

Sie saßen noch ein Weilchen da und schlürften Tee, bis Flint einfiel, daß ja schon fast Mittagszeit war. Also holte er *Quith-Pa* heraus und schnitt ein paar Scheiben Käse ab, und Eld Ailea nahm Teller aus dem Schrank. Flint war auf einer seiner Reisen in Kargod gewesen, und die beiden unterhielten sich über die Stadt. Offenbar hatte Eld Ailea sie schon vor Flints Geburt verlassen. Dann zeigte ihr Flint, wie er den Stehaufvogel für den Kleinen gemacht hatte und schenkte ihr noch einen zweiten. Und Eld Ailea erzählte ihm von ein paar Kindern, die sie über die Jahrhunderte zur Welt gebracht hatte: »Ich habe die Stimme der Sonne und seine beiden Brüder entbunden«, erklärte sie stolz. Inzwischen hatte sie sich als Hebamme zur Ruhe gesetzt, kümmerte sich jedoch weiterhin um kleine Kinder. »Ich liebe Babys«, meinte sie und wurde zum ersten Mal etwas lebhafter. »Darum bin ich wegen der Spielsachen gekommen.«

Alles in allem war es eine nette Art, einen Frühlingstag zu verbringen.

Irgendwann waren Brot und Käse alle. Eld Ailea spülte die Teller und stellte sie weg, während Flint an Tanis' Schwert weiterarbeitete. Vorher aber nahm er das schlafende Elfenkind von dem Feldbett, das zu nah an der Esse stand, und legte es Eld Ailea auf den Schoß. Der Klang der Hammerschläge, der das Kind erst aufweckte, ließ es schließlich um so fester schlafen. Die alte Frau saß ruhig da, summte dem Kind etwas vor, trank die letzte Tasse Tee und sah zu, wie das Schwert Gestalt annahm. Eine Stunde verging, bis Flint aufschaute und sah, daß Eld Ailea ebenfalls eingeschlafen war. Der freie Arm lag am Tisch, und die Wange hatte sie an den Kopf des kleinen Jungen geschmiegt. Der Zwerg lächelte und arbeitete weiter.

Wieder läutete die Blechglocke an der Eichentür des Ladens, und Flint blickte hinüber, um gegebenenfalls zur Tür zu rennen und Tanis wieder rauszuschieben. Das Schwert nahm allmählich Form an. Die Klinge lag glatt gehämmert da, der Griff war ein Traum aus rundem, schimmerndem Stahl. Flint atmete erleichtert auf, als eine verhüllte Gestalt den Laden betrat.

»Ich störe dich doch nicht etwa, Meister Feuerschmied«, erkundigte sich Miral und lächelte fragend. Seine normalerweise kratzende Stimme war jetzt nur ein rauhes Flüstern. Nach einem scharfen Blick nickte er Eld Ailea zu, die gerade erwachte. Auch das Kind regte sich und schlug die blauen Augen auf.

»Eigentlich nicht«, sagte Flint, »ich dachte nur, du wärst jemand anders …« Er trat vom Schmiedefeuer weg und wischte sich mit dem Taschentuch den Schweiß von Stirn und Bart.

»Tanthalas?« fragte Miral, dessen Lächeln breiter wurde. Die alte Frau setzte sich auf und flüsterte dem Kind etwas zu. Der Kleine rutschte von ihrem Schoß und lief los, um die geschnitzten Tiere einzusammeln, die er auf dem Feldbett verstreut hatte. »Ehrlich gesagt«, fuhr der Zauberer fort, »bin ich auf der Suche nach Tanis. Es schien mir ziemlich sicher, daß er hier sein müßte, wenn er nicht auf dem Hof mit dem Bogen übte. Aber wenn du Grund hast, ihn zu meiden …«

»Ich will ihm bloß nicht die Überraschung verderben.«

Der Ausdruck auf Mirals Gesicht stellte die unausgesprochene Frage.

Flint rieb sich grinsend die Hände. »Es ist ein Geschenk«, sagte er, wobei er auf das halbfertige Schwert zeigte, das neben der Esse abkühlte.

Miral kam näher und betrachtete die Waffe. Das orange Licht der Kohlen glänzte auf seinem fahlen Haar und wurde von dem schwarzen Lederrand seiner langärmligen, blutroten Robe reflektiert. Er streckte die Hand aus – er trug Handschuhe – und berührte das warme Metall vorsichtig, beinahe ehrfürchtig.

»Und es wird ein wunderbares Geschenk sein«, sagte er, während er sich wieder zu Flint umdrehte. Seine Gedanken schienen weit entfernt zu sein. »Es ist so schön.«

»Pah, es ist überhaupt noch nicht fertig«, sagte Flint schroff, obwohl sich seine Brust vor Stolz schwellte. Er nahm ein altes Stück Stoff und warf es über die Waffe. Eld Ailea stand in der Tür, sie wollte gehen. »Ich habe auch Pfeilspitzen für ihn gemacht, im letzten Winter in Solace«, fügte Flint hinzu. »Ich dachte, ich könnte Tanis mal ein richtig großes Geschenk machen.«

»Hmm?« machte Miral. Plötzlich schüttelte er den Kopf, als kehre er aus einer ganz anderen Welt zurück. »Tut mir leid, Meister Feuerschmied. Ich fürchte, ich habe heute nacht nicht viel geschlafen. Die Stimme plant für morgen nachmittag eine wichtige Bekanntmachung – auch wenn anscheinend nur er und Lord Xenoth wissen, worum es geht –, und die Vorbereitungen halten alle auf Trab. Selbst ein kleiner Zauberer hat seine Pflichten. Und auch Tanis, falls ich ihn noch finde.«

Er würde den Halbelfen wohl auf dem Großen Markt suchen, meinte Miral und verabschiedete sich von Flint und Eld Ailea, wobei er dem Kind noch den Kopf tätschelte. Der Kleine schlug mit seinem Holzpferd nach dem Magier, der schnell auswich und zur Tür hinausrannte.

»Kleiner Zauberer«, flüsterte Eld Ailea mit gerunzelter Stirn. Sie hing ihren Gedanken nach. Der Zauberer war schon außer Hörweite, doch Eld Ailea stand immer noch auf der Schwelle. Zweimal schien sie etwas sagen zu wollen, ließ es dann aber. Das Kind war inzwischen damit beschäftigt, der Kletterrose die unteren Blätter abzureißen und sie im Eingang zu verstreuen. »Ich muß Euch etwas gestehen, Meister Feuerschmied«, vertraute sie dem Zwerg schließlich an, »Ich bin auch gekommen, weil ich Tanthalas zu finden hoffte. Ich … ich werde von einigen Leuten nicht mehr gern im Palast gesehen. Darum hoffte ich, ich würde ihn hier antreffen.«

»Oh?« fragte Flint, der immer noch dem davonschreitenden Zauberer mit seiner roten Robe nachblickte. »Warum?«

»Ich kannte seine Mutter.«

Mehr wollte sie nicht sagen, und dann war sie gleich verschwunden.

Kapitel 12

Das Schwert

Es war still in Qualinost. Die Nacht lag wie ein dunkler Mantel über der Stadt. Mitternacht war vorbei, und der Morgen nicht mehr fern, doch noch immer flackerte ein orangeroter Schein hinter den Fenstern von Flints kleinem Laden. Drinnen sank der Zwerg müde auf einen Holzstuhl und betrachtete das Werk seiner Hände. Das Schwert war fertig.

Makellos glänzte es im roten Licht der Esse. Die rasiermesserscharfe Klinge funkelte, und Lichtstrahlen umspielten die Zwergenrunen der Macht, die Flint in die flache Seite der Klinge eingraviert hatte. Der Handschutz war aus weichen Rundungen und zarten Stahlbögen, die wie Ranken von

Schlingpflanzen aus dem Heft des Schwerts zu wachsen schienen. Selbst Flint – bescheiden, wie der Zwerg doch war – spürte, daß etwas Besonderes an diesem Schwert war. Er konnte nur hoffen, daß es Tanis gefallen würde.

Er machte dem Halbelfen gern eine Freude. Vielleicht würde er Tanis eines Tages in Solace herumführen und ihm zeigen, daß Elfen nicht die einzigen Bewohner Krynns waren. Das würde Tanis noch besser gefallen als das Schwert, dachte er.

Flint seufzte und erhob sich. Er schob die Kohlen unter die Asche des Schmelzofens zurück und blies die letzte Talgkerze aus, die die Dunkelheit noch erhellte. Im silbernen Mondlicht suchte er sich seinen Weg in das kleine Zimmer hinter dem Laden, wo er nur noch seine Stiefel auszog und dann erschöpft ins Bett fiel und einschlief. Bald erklang das Schnarchen des Zwergs so rhythmisch wie noch Augenblicke zuvor seine Hammerschläge.

Es war die dunkelste Zeit der Nacht. Die Tür zum Laden ging langsam und vorsichtig auf, damit die Glocke nicht bimmelte. Eine Gestalt trat ein und schloß sorgfältig die Tür hinter sich. Sie blieb stehen, legte den Kopf schief und huschte dann befriedigt lautlos zur Werkbank.

Das Schwert glänzte leicht im kalten Licht von Solinari, das durchs Fenster fiel. Die dunkle, verhüllte Gestalt erhob die Hand mit dem Handschuh und fuhr mit dem Finger die Klinge entlang, als würde sie ihre Schärfe prüfen. Dann hielt sie beide Hände über die Waffe und murmelte Worte der alten Sprache eines Volkes, das schon vor Urzeiten untergegangen war und an dessen Name sich längst niemand mehr erinnerte. Nur wenige außer den Zauberern waren dieser Sprache heute noch mächtig, denn es war die Sprache der Magie.

Das Gemurmel endete. Die letzten Silben hingen noch wie Staubflocken in der Luft. Das Schwert begann zu glänzen, doch nicht vom Mondlicht, sondern von innen heraus. Es war ein rotes Licht, das immer heißer wurde, bis das Schwert einen wilden, feuerroten Schein ausstrahlte. Ein kleiner Haufen Pfeilspitzen daneben strahlte genauso. Plötzlich schien sich ein Schatten aus der Dunkelheit jenseits des Lichtscheins zu lösen und auf das Schwert zuzuschweben. Der Schatten trotzte dem roten Licht, bis es plötzlich in die Klinge zurückwich, als wäre es hineingesaugt worden. Die Waffe zuckte kurz, dann ließ das Licht nach.

Die Ladentür schwang im sanften Nachtwind leicht hin und her. Das Schnarchen ging ungestört weiter. Der Fremde war fort.

Kapitel 13

Die Bekanntmachung

Am anderen Morgen traf Flint Tanis auf dem Großen Markt; der Halbelf stand gerade vor einem Zelt mit dem Schild »Lady Kyanna, Seherin aller Ebenen«. Darunter stand auf einem kleineren Schild: »Sonderpreise möglich.« Das mitternachtsblaue Zelt war mit silbernen Umrissen von Monden und Sternbildern geschmückt. Ein paar junge Elfen, die den Kinderschuhen gerade erst entwachsen waren, kramten kichernd ihre Geldstücke heraus, schlüpften an Tanis und Flint vorbei und betraten das Zelt. Weihrauchduft drang aus dem Zelt, als sie die Plane zurückschlugen und eine tiefe Stimme ertönte: »Willkommen zu einem Blick in die Zukunft, schöne Elfen.«

»Seher«, schnaubte Flint. »Schwindler und Scharlatane, alle miteinander. Sag mal, hab ich dir schon erzählt, wie ich damals auf dem Herbstmarkt in Solace war? Warte mal ...«, überlegte der Zwerg. »Das muß nicht lange nach dem Tag gewesen sein, wo ich im Wirtshaus ›Zur Letzten Bleibe‹ mit diesen zehn Räubern gekämpft habe.«

Tanis wehrte sich gegen Flints Versuche, ihn vom Zelt der Seherin wegzuziehen. »Ich hätte nichts gegen einen Blick in meine Zukunft«, sagte er. Der Zwerg schnaubte und zerrte ihn den gepflasterten Weg zwischen den Zelten und Ständen entlang. Der Halbelf schien plötzlich zu sich zu kommen. Nach dem letzten, sehnsüchtigen Blick zu Lady Kynnas Zelt ging ein Zucken über sein Gesicht. Er sah Flint an und fragte: »Was hast du gesagt?«

»Ein Zauberer wollte mir in Solace auf der Straße einen Trank verkaufen, der mich angeblich unsichtbar machen sollte«, erzählte Flint und ließ zu, daß der Halbelf an einem Elfenstand stehenblieb, wo ausgerechnet Schwerter auslagen. »Für mich sah es verdächtig nach klarem Wasser aus, aber er sagte mir: ›Natürlich ist es klar. Sonst würde es dich nicht unsichtbar machen, oder?‹ Tja, als ich dann mit dem Elixier nach Hause kam ...«

Tanis, der gerade einen Schwertgriff streichelte, drehte sich um. »Das heißt, du hast es gekauft?« fragte er ungläubig.

»Aber bestimmt nicht, weil ich dem Zauberer auch nur ein Wort von seinem Gerede geglaubt habe«, sagte Flint gereizt mit blitzenden Augen und versuchte wieder, den Halbelfen von den ausgestellten Schwertern wegzuziehen. »Ich wußte die ganze Zeit, daß es Betrug war. Ich wollte nur einen Beweis, damit ich ihn vor der Wache als Scharlatan entlarven konnte.«

»Und was passierte, als du das Elixier getrunken hast?« fragte Tanis unbeteiligt, denn seine Aufmerksamkeit galt immer noch den Waffen. »Das sind schöne Schwerter. Ich könnte eins ...«

»Schlampige Arbeit«, mischte sich Flint ein, zog den Elf weiter und ignorierte dabei den wütenden Blick des Waffenverkäufers. »Du brauchst kein Schwert. Wen solltest du denn in Qualinost bekämpfen? Jedenfalls kippte ich den Trank runter und dachte, ich könnte doch so einem dreisten Wirt ein oder zwei Krüge Bier wegtrinken. Er hatte mich erst ein paar Tage vorher betrogen: Da hatte er mir einen Krug verwässertes Zeug anstelle von richtigem Bier angedreht«, sagte Flint mit einem verschmitztem Grinsen auf dem Gesicht. Dann aber runzelte er die Stirn. »Bloß hat mich irgendwie der Rausschmeißer – bestimmt ein halber Hobgoblin, wenn er überhaupt irgend etwas war – ertappt und ... he!« fluchte Flint, als er erkannte, daß er etwas mehr von der Geschichte preisgegeben hatte, als er wollte.

Wütend sah er Tanis an, doch der Halbelf sah ihn nur ernst an.

»Und ...?« fragte Tanis.

»Und kümmere dich um deinen eigenen Kram!« schmollte Flint. »Hast du nichts Besseres im Kopf?«

Langsam, aber bestimmt führte Flint Tanis an den verlockenden Angeboten des Großen Markts vorbei – zum Laden des Zwergs. Sie traten schweigend ein, während Flint sich vergeblich verschiedene kleine Sätze zurechtlegte, bis er schließlich wortlos, weil er nichts zu sagen wußte, zum Tisch ging, wo etwas Langes, Schmales unter einem dunklen Tuch versteckt lag.

»Was ist das?« fragte Tanis näher tretend.

»Bloß etwas, das ich heute nacht fertig gemacht habe«, meinte Flint und zog das Tuch weg.

Darunter lag das Schwert und schimmerte wie ein gefrorener, harter Blitzstrahl. Mehrere Dutzend Pfeilspitzen lagen mattschwarz und äußerst scharf neben dem Schwert.

Tanis' Augen strahlten beim Anblick des Schwertes. »Flint, das ist ein wahres Wunder«, sagte Tanis leise und streckte die Hand aus, um über das kühle Metall zu streichen.

»Gefällt es dir?« fragte Flint und zog die buschigen Augenbrauen hoch. »Es ist ein Geschenk, weißt du.«

»Für …« Der Halbelf brach ab, und sein Gesicht versteinerte. Einen entsetzten Augenblick hatte der Zwerg Angst, das Schwert könnte Tanis nicht gefallen. Dann sah er, daß Tanis die Hände zu Fäusten ballte, und erkannte, daß sein Freund darum kämpfte, nicht von seinen Gefühlen überwältigt zu werden. »Oh, das kann ich nicht annehmen«, sagte der Halbelf schließlich leise und betrachtete verlangend die Waffe.

»Natürlich kannst du das«, sagte Flint gereizt. »Du solltest es lieber tun, Junge.«

Tanis zögerte noch ein paar Momente, dann griff er zögernd nach dem Schwert. Schließlich umfaßte er den Griff. Er war kühl und glatt und fühlte sich irgendwie genau richtig an. Ein Schauer lief ihm über den Rücken. Dieses Schwert war mehr als eine Waffe. Es war eine kalte Schönheit.

»Danke, Flint«, flüsterte er.

Der Zwerg tat den Dank des Halbelfen mit einer Geste ab. »Sieh nur zu, daß du das Ding benutzt, dann bin ich glücklich«, sagte er.

»O ja«, versprach Tanis nachdrücklich, »das werde ich.«

Selbst nach all diesen Jahren unter Elfen verspürte Flint noch immer Ehrfurcht, wenn er den Sonnenturm betrat, und er unterließ es nie, einen Augenblick vor den vergoldeten Türen zum Hauptsaal stehenzubleiben, die Augen zu schließen und schweigend den Baumeistern der Zwerge Respekt zu bezeugen, die ihn vor so langer Zeit erbaut hatten.

Heute nachmittag schwangen die großen Türen vor ihm auf, und die Cherubim im Relief grinsten eine Sekunde lang durchtrieben, als sie zur Seite wichen und den Zwerg aus den Augenwinkeln ansahen. Flint schüttelte den Kopf und trat ein, wobei er darauf achtete, nicht zu der sechshundert Fuß hohen Decke hochzustarren.

Nicht, daß mir ein bißchen flau im Magen wird, wenn ich ganz da hoch schaue, nein, nein, dachte Flint. Ich will bloß nicht alles verderben, indem ich jedesmal, wenn ich hier reinkomme, dastehe und es anstarre.

Die meisten Höflinge waren schon da, wie Flint feststellte, doch die Stimme selbst fehlte noch, ebenso Tanis. »So sicher, wie ein Hammer schwer ist, kommt er zu spät«, fluchte Flint leise und schüttelte erneut den Kopf, wobei sein Bart wackelte. Nachdem ihm klar war, daß er eine Weile ohne Begleitung sein würde, löste er sich von den versammelten Elfen, lehnte sich an eine der Säulen um den Saal herum und wartete darauf, daß die Audienz losging.

Prächtig gewandete Höflinge in grünen, braunen und rostroten Seidentuniken, die mit Gold- und Silberfäden bestickt waren, standen grüppchenweise im Saal herum, und ihre Unterhaltungen hallten in den oberen Bereichen des Turms wider. Als Flint so an der Säule stand, fiel ihm auf, daß sich viele Gespräche um die Unfähigkeit der Palastwache drehte, die den Tylor nicht erwischte.

»Wie schwer kann es denn sein, ein zwanzig bis dreißig Fuß langes Monster zu finden?« beschwerte sich ein alter Elf. »Zu meiner Zeit hätte man das Vieh schon vor Tagen erlegt.«

Sein Begleiter versuchte, den Zorn des Alten zu besänftigen. »Der Wald ist groß und voller Magie. Die Stimme sollte einen Spezialtrupp mit einem Magier und den besten Männern aufstellen, damit die Bestie endlich aufgespürt und gefangen wird.« Der alte Elf nickte zustimmend.

»Lauter Experten«, murmelte Flint.

Porthios' Freunde, Ulthen und Selena, schwebten vorbei und stellten sich auf die andere Seite der Säule. Die Frau hatte ihren schlanken Arm um die Taille des Elfenlords gelegt, doch ihre Augen ruhten die ganze Zeit nicht auf ihrem Begleiter, sondern auf Litanans, der als der neue Assistent von Lord Xenoth neben diesem vor dem Podium stand. Flint bewegte sich unauffällig etwas weiter, weil er hoffte, sie würden ihn nicht bemerken. Er wußte, daß Selena, Litanas und Ulthen zu den Elfen gehörten, die keine Ausländer am Hof haben wollten, auch wenn die blonde Selena es selten versäumte, von Flints »wunderbarer Zwergenkunst« zu schwärmen, wenn sie den Zwerg erblickte.

Ihre schneidende Stimme war gut zu vernehmen.

»Also, Litanas hat *mir* erzählt, daß Tyresian Xenoth gedroht hat, ihm Steine in den Weg zu legen, falls der Berater nicht aufhören sollte. Aber Litanas wußte nicht genau, worum es bei dem Streit ging. Ich glaube, Xenoth verheimlicht Litanas manches, und das ist einfach ungerecht, wo Lord Litanas doch einer der intelligentesten ...«

Ulthen versuchte, sie zum Schweigen zu bringen. »Selena, jeder hört ...«, sagte er.

»Oh, Ulthen, laß mich in Ruhe. Jedenfalls hat Litanas gesagt ...«

Ulthen schnitt eine Grimasse, und Flint bemerkte, daß der junge Lord diese Litanei wohl häufig zu hören bekam: »Litanas hat gesagt ...«

»Also, *ich* habe gehört, daß die Stimme das *Kentommen* verschieben will, bis der Tylor gefangen ist.«

Ulthens Stimme wurde allmählich ungeduldig »Ach, Selena, mach dich nicht lächerlich.«

Ihre Stimme erhob sich zu einem Kreischen. »Lächerlich! Was glaubst du, wie sicher es ist, wenn von überall her Leute über genau die Wege kommen, die wegen des Tylors so gefährlich sind?«

Ulthen – und Flint auf der anderen Seite der Säule auch – mußten zugeben, daß Selena in gewisser Hinsicht recht hatte. Vielleicht ging es bei der Bekanntmachung nur um dieses Thema. Es würde bestimmt das erste Mal sein, daß ein *Kentommen* verschoben wurde, denn die Tradition schrieb vor, daß die Zeremonie am neunundneunzigsten Geburtstag des

Lords stattfinden mußte, und es war schon eine arge Krise notwendig, um daran zu rütteln.

In diesem Moment schwangen die goldenen Türen auf, und die Stimme betrat den Raum, gefolgt von Laurana. Der Widerschein des Sonnenlichts, der den Turm füllte, ließ Solostarans grüngoldene Gewänder schimmern, während er königlich in den Saal schritt. Flint ging auf seinen Freund zu.

Die Stimme begrüßte verschiedene Anwesende und tauschte Höflichkeiten aus, doch Flint merkte sofort, daß heute etwas anders war. Wenn die Stimme der Sonne sich in den letzten zwanzig Jahren, seit Flint sie kannte, überhaupt verändert hatte, dann waren dem Zwerg diese Veränderungen nicht bewußt. Die Stimme stand so aufrecht wie der Turm selbst, sein Gesicht war so alterslos wie der Marmor an den Innenwänden. Aber heute lag in den sonst so klaren und warmen Augen ein bedrängter Ausdruck.

»Meister Feuerschmied«, sagte die Stimme, als sie sich umdrehte und den Zwerg geduldig warten sah, der die Unterhaltung der Stimme mit den Höflingen nicht stören wollte. »Ich bin froh, daß Ihr kommen konntet.«

»Ich bin immer da, wenn Ihr es wünscht«, sagte Flint. Zum ersten Mal bemerkte er eine Falte auf der glatten Stirn der Stimme.

Die Stimme lächelte dem Zwerg matt zu. »Danke, Flint«, sagt Solostaran, und der Zwerg war ehrlich erstaunt. Soweit er sich erinnern konnte, war es das erste Mal, daß die Stimme ihn bei einer öffentlichen Audienz mit dem Vornamen ansprach. »Ich fürchte, ich werde heute einen Freund wie dich brauchen.«

»Das verstehe ich nicht«, sagte Flint.

»Freundschaftsbande sind stark, Flint, aber manchmal binden sie zu fest.« Der Blick der Stimme glitt über die Anwesenden, blieb an Lord Xenoth und Litanas hängen und schweifte dann ins Leere.

»Oh, ich sehe schon«, meinte Flint schroff. »Dann lasse ich Euch lieber allein.«

»Nein, Meister Feuerschmied«, sagte die Stimme und legte Flint die Hände auf die Schultern, bevor der Zwerg gehen konnte. Ein verstecktes Lächeln umspielte kurz Solostarans Lippen. »Ich spreche von einer anderen Sorte Freundschaft, der zwischen zwei Häusern. Obwohl mir solche Bande in der Vergangenheit geholfen haben, bedauere ich, welchen Preis ich heute für diese Freundschaft zahlen muß.«

»Aber was soll das sein?« fragte Flint. Was konnte man so Abscheuliches für einen Freund tun?

Die Stimme schüttelte leicht den Kopf. »Ich fürchte, das wirst du früh genug erfahren. Aber versprich mir, Flint, daß du dir später die Zeit nehmen wirst, mit einem alten Elfen einen Schluck Wein zu trinken.«

Die Stimme lächelte wieder, als Flint einwilligte. Dann ging Solostaran zum Podium in der Mitte des Saals. Er bestieg das Podium, woraufhin die Höflinge zu reden aufhörten und ihre Aufmerksamkeit auf die Mitte richteten. Wo war Tanis, fragte sich Flint.

Porthios stand zur Linken seines Vaters neben Lord Xenoth und Litanas. Er versuchte offensichtlich, so majestätisch auszusehen wie die Stimme, wirkte auf Flint jedoch eher wie ein aufgeblasener, junger Gockel. Sein jüngerer Bruder, Gilthanas, stand rechts neben dem Podium bei der Ehrengarde. Die Wachen trugen schwarze Lederwesten, auf denen mit Silberfäden die Symbole von Sonne und Baum aufgestickt waren. Es war dasselbe Symbol, das die Flagge geschmückt hatte, die Kith-Kanan mit sich trug, als er zum ersten Mal den Wald von Qualinesti betrat.

Gilthanas hatte sich vor einem knappen halben Jahr der Garde angeschlossen. Er war nach wie vor nicht viel mehr als ein Junge, nur wenig älter als Laurana, aber Flint wußte, daß Porthios lange und zäh mit dem Hauptmann der Wache um diese Position für Gilthanas gerungen hatte. Obwohl Gilthanas sich nach Kräften bemühte, die straffe Haltung der anderen Wachen nachzuahmen, während er sein Schwert zum traditionellen Salut vor sich hielt, schien die Waffe einfach zu schwer für seine zierliche Gestalt. Flint schüttelte den Kopf. Er hielt es dem Jungen zugute, daß er sich so um Stärke bemühte, doch Flint war sich nicht ganz sicher, was Gilthanas eigentlich beweisen wollte.

Gerade als die Stimme die Hände erhob, um den Hof zu begrüßen, wurde Flint von hinten geschubst. Er fuhr zornig herum, um dem Trampel seine Meinung zu sagen, der nicht aufpassen konnte, wo er hintrat.

»Tanis!« flüsterte er erleichtert. Endlich war auch sein Freund da, Tanis keuchte etwas, und Schweiß glänzte auf seiner Haut. »Wie in Reorx' Namen kommst du dazu, hier so spät reinzutrampeln?« flüsterte er hitzig.

»Pst, Flint«, sagte Tanis leise und wies zum Podium, wo die Stimme mit ihrer Ansprache begann.

»Ich danke Euch allen, daß Ihr heute hierhergekommen seid«, sagte die Stimme zu den Edlen, die um das Podium herum standen. »Ich möchte Euch große Neuigkeiten mitteilen, die hoffentlich Euch allen Grund zur Freude gegeben werden. Zuerst jedoch muß ich gestehen, daß ich noch einen aktuelleren Grund hatte, Euch alle einzuladen.«

Die Stimme lächelte. »Ihr wißt natürlich, daß ein räuberisches Monster das Land um Qualinost heimsucht. Mehrere von uns sind diesem Wesen zum Opfer gefallen, und die Bauern jener Gegend berichteten, daß sie immer mehr Vieh vermissen. Meine Berater haben mir erzählt, daß diese Bestie, ein Tylor, ohne Zweifel an einem der Wege nach Solace einen Bau haben muß. Die Truppen, die zur Jagd nach dem Monster losgeschickt wurden, konnten es bisher nicht aufspüren, aber sie haben Spuren des Monsters gefunden und glauben, daß sie das eigentliche … Jagdrevier des Untiers eingekreist haben.«

Die Züge der Stimme wurden weicher, als Solostaran die Höflinge ansah.

»Darum bitte ich um Freiwillige, die sich zusammenschließen, um den Tylor zu jagen. Weil die Kreatur gewisse magische Fähigkeiten hat, war der Zauberer Miral freundlicherweise einverstanden mitzugehen.« Miral, der gegenüber von Flint neben einer Säule stand, nickte leicht, verschränkte die Arme und steckte sie tief in seine weiten Ärmel. »Und Lord Tyresian hat zugesagt, die Führung des Jagdtrupps zu übernehmen.« Tyresians kurzes Lächeln wirkte mehr wie eine Grimasse als wie ein Grinsen.

»Ich hoffe, daß die Besten von Euch sich dieser Gruppe von Freiwilligen anschließen werden, um in das Gebiet zu ziehen, wo wir den Bau des Tylors vermuten. Gibt es solche Freiwilligen?«

Porthios sprach als erster. »Ich komme mit.«

Die Stimme zögerte beim Anblick des Erben. Lord Xenoths Silberrobe bauschte sich auf, als er aufgeregt einwarf: »Seid Ihr sicher, Stimme, daß es klug ist, wenn sich der künftige Erbe einer solchen Gefahr aussetzt?« Porthios erstarrte und errötete. Auf dem Gesicht der Stimme stand Mitgefühl.

»Mein Sohn steht kurz vor seinem *Kentommen,* Lord Xenoth. Ich glaube, es wäre ein schwerwiegender Fehler, ihm das Recht abzusprechen, mit den anderen Männern mitzugehen.«

Porthios entspannte sich und warf seinem Vater einen dankbaren Blick zu. Den Berater hingegen funkelte er wütend an.

»Dann komme ich auch mit. Um ihn zu beschützen«, meldete sich Lord Xenoth wieder und nahm mit seinem gebrechlichen Körper eine rachelustige Haltung ein. Tyresian lachte, und mehrere Höflinge schlossen sich dem an.

Jetzt war es an Miral, sich einzumischen. »Bei allem Respekt, Stimme«, sagte der Zauberer. »Ich denke, die Jagd sollte von den Jungen und Starken betrieben werden, nicht von den Älteren und Kranken.«

Flint fühlte Ärger in sich aufsteigen. Auch wenn er es gut ohne den launischen Fremdenhasser, Lord Xenoth, aushalten konnte, sah dem Magier eine solche Gemeinheit in aller Öffentlichkeit nicht ähnlich – besonders gegenüber einem so verdienten Mitglied des Hofs. Xenoth machte den Mund auf, um etwas dagegen zu sagen, doch die Stimme brachte seinen Berater mit einem herrischen Blick zum Schweigen und sagte ruhig: »Ich werde keine Freiwilligen abweisen, Miral.«

Xenoth durchbohrte den Magier mit Blicken, doch der hielt dem Blick ungerührt stand.

Selena stieß Ulthen an, so daß der Lord sich nervös meldete. Daraufhin trat natürlich auch Litanas vor. Bald hatte ein halbes Dutzend anderer ihre Namen auf die Liste gesetzt. Plötzlich merkte Flint, wie Tanis sich neben ihm rührte. »Und ich, Stimme!« rief er.

»Tanis!« protestierte Laurana.

»Tanis?« echote Flint leiser.

»Wo soll ich sonst mein neues Schwert und die Pfeilspitzen ausprobieren?« flüsterte Tanis seinem Freund zu.

Lord Tyresian bedachte den Halbelfen mit einem eisigen Blick. »Schlimm genug, daß ich einen nutzlosen, alten Greis in meiner Truppe habe, aber einen Halbelfen?«

Das war genug. »Und einen Zwerg, Lord Tyresian«, mischte sich Flint ein.

Was dann geschah, hätte unter anderen Umständen komisch sein können. Die Elfen zwischen Flint und Tyresian wichen auseinander, bis der Raum zwischen den Blicken offen da lag. Elfenlord und Zwerg lieferten sich ein kurzes Blickgefecht, bis Solostaran die Aufmerksamkeit der Versammlung wieder auf sich zog. »Ich nehme euer Angebot an, Meister Feuerschmied.« Als Tyresian den Mund zum Widerspruch öffnete, sagte die Stimme bloß: »Noch bin ich die Stimme, Lord Tyresian.«

»Was sollte denn *das* nun wieder heißen?« fragte Selena Ulthen deutlich flüsternd.

Tyresian unterwarf sich eiligst. »Wie Ihr befehlt, Stimme. Ihr wißt es natürlich am besten.«

Als sich keine weiteren Stimmen mehr meldeten, befahl Tyresian den Freiwilligen, sich am nächsten Morgen eine Stunde nach Sonnenaufgang am Stall des Palastes einzufinden. Dann drehte er sich wieder zur Stimme um, und die anderen Höflinge folgten seinem Beispiel.

Anscheinend war der Augenblick für die Hauptankündigung gekommen.

»Ihr alle kennt natürlich meine Tochter, Lauralanthalasa Kanan«, sagte Solostaran. »Und Ihr wißt auch, daß die Zeit nicht mehr fern ist, wo sie kein Kind mehr sein wird. Daher ist es angebracht, ihr und Euch allen ihre Zukunft kundzutun, und ich habe den heutigen Tag gewählt, um das zu tun.«

Er streckte die Hand aus, und Laurana kam zu ihm. Ihr grünes Kleid raschelte, als sie über den Boden schwebte, und ihr Haar schimmerte im Sonnenlicht wie geschmolzenes Gold, als sie vor dem Podium stehenblieb. Sie verneigte sich anmutig vor ihrem Vater und dann vor den Höflingen. Suchend durchforstete ihr Blick die Menge, bis sie den Halbelfen fand. Flint merkte, wie Tanis mit den Schultern zuckte, und fragte sich, was da vor sich ging.

Flint beobachtete Tanis' Gesicht. Dieser fixierte Laurana. Er fingerte an einem kleinen Ding in seiner Hand herum, aber Flint konnte nicht genau sehen, was das war. Laurana tappte anscheinend ebenso wie der Rest des Hofes im dunkeln über das, was nun folgen sollte. Nur Tyresian erschien zuversichtlich. Xenoths runzliges Gesicht sah unendlich verstimmt aus.

Solostaran lächelte seine Tochter an, wirkte jedoch etwas bedrückt, als er sich wieder dem Hof zuwandte. »Zur langjährigen Ehre und Freude meiner Familie zählt das Dritte Haus von Qualinost zu unseren engsten Freunden. In der Tat war es der Lord des Dritten Hauses, der mir in den finsteren Jahren nach der Umwälzung seine starke Hand lieh und mir dadurch half, den Frieden zu sichern, den wir hier in unserer Heimat genießen.« Die Höflinge nickten; das wußten sie.

»Damals hatte der Lord des Dritten Hauses – dessen Namen ich nur noch in der Erinnerung ehren kann, da er die Grenzen dieser Welt inzwischen überschritten hat – einen jungen Sohn, und aus Dankbarkeit versprach ich ihm ein großes Geschenk für diesen Sohn. Der Sohn des Lords vom Dritten Haus steht heute zwischen uns und ist Euch inzwischen selbst als Lord dieses ehrenvollen Hauses bekannt: Lord Tyresian.«

Der schöne, große Elfenlord in der prächtigen, weinroten Tunika verbeugte sich tief vor der Stimme. Zu tief, fand Flint, wenn es so etwas gab. Es war nur, weil die Geste mehr Schau als ernsthafte Ehrenbezeugung zu sein schien.

»Stimme, ich danke Euch, daß Ihr mich an diesem glücklichen Tag aufgerufen habt«, sagte Tyresian. Er warf einen Seitenblick auf Laurana, doch die Elfenfrau beachtete ihn kaum. Ihre Augen hingen an Tanis.

Die Stimme nickte Tyresian zu und hob dann die Arme, als wollte er sowohl den Elfenlord als auch seine Tochter umfassen. »Dann will ich Euch Gelegenheit zum Feiern geben«, sagte er mit einer Stimme, so klar wie eine Trompete. »Denn an diesem Tag ist es mir Pflicht und Freude zugleich, das große Geschenk bekanntzugeben, das Lord Tyresian vor langer Zeit zugesagt wurde. So soll ganz Qualinost erfahren, daß von heute an die Hand meiner geliebten Tochter, Lauralanthalasa, Lord Tyresian vom Dritten Haus versprochen ist, bis zu dem Tag, an dem die beiden zu Mann und Frau verbunden werden.«

Überraschtes Flüstern machte sich breit, dann folgte vereinzelter Applaus, der rasch stärker und lauter wurde. Tyresian schien vor aller Welt zu strahlen, doch Flint sah, wie erschöpft die Stimme wirkte. Miral war aufs Podium gestiegen – entgegen jedem Protokoll –, wo er die Stimme stützte, um sie vor dem Stolpern zu bewahren. Der Magier warf Tyresian einen finsteren Blick zu.

Flint sah zu Tanis, doch der Halbelf schien den Lärm um sich her kaum zu bemerken. Er starrte nur mit glasigen Augen geradeaus und umklammerte fest den kleinen Gegenstand, mit dem er gespielt hatte.

»Aber ...«, fing Laurana an und hielt inne. Ihr Bedürfnis, sich klar auszudrücken, kämpfte gegen den Respekt vor der Etikette und die Liebe zu ihrem Vater. »Warum hast du mir nicht gesagt ...?« Sie brach ab und schwieg. Der Applaus hörte schlagartig auf, und Spannung breitete sich im Turm aus.

»Ich dachte ...« Laurana setzte wieder an und blickte verzweifelt zu Tanis. »Wir haben uns doch schon lange ein Versprechen gegeben ...«

Die Höflinge drehten sich teils schockiert, teils erfreut, teils auch einfach von der unerwarteten Wendung überrascht, nach dem verunsicherten Halbelfen um.

Tyresian sah verärgert, aber selbstsicher aus. Porthios kniff die Augen zusammen und sah den Halbelfen drohend an. Das Gesicht der Stimme war voller Sorge; wenig ist einem Elfen so wichtig wie die Ehre. Laurana sah Tanis weiterhin flehend an.

Tanis zwinkerte plötzlich wie aufgeschreckt. »O nein«, sagte er so leise, daß nur Flint es hören konnte.

»Ist das so, Tanis?« fragte die Stimme. »Seid Ihr beide verlobt, ohne mein Wissen und Einverständnis?«

Der Halbelf sah sich wild um. Nur Flints Augen verrieten Mitleid. »Ich ...«, sagte er. »Ja, aber ... das ist lange her.«

Flint rückte näher und faßte seinem Freund mit fester Hand an den Ellbogen. »Paß auf, was du sagst, Junge«, zischte er. »Oder sei still.«

Aber Tanis stammelte: »Wir waren doch Kinder ... nichts Ernstes. Das dachte ich zumindest.«

Laurana schnappte nach Luft und verließ dann eilig die Versammlung, ohne noch irgend jemanden anzusehen. Nur ihre Schritte hallten durch den Saal. Tyresian folgte ihr.

Die Audienz war beendet.

Kapitel 14

Das Nachspiel

Ich gehe davon aus, daß Ihr mit diesem kleinen ... Problem fertigwerdet, Stimme«, sagte Tyresian. Gelassen füllte er sich Wein nach und lächelte geistesabwesend. Er schwenkte die rubinrote, klare Flüssigkeit, so daß sie im Licht des Sonnenuntergangs, der durch die Glaswände des persönlichen Arbeitszimmers der Stimme fiel, wie ein dunkler Edelstein glänzte.

Die Stimme nickte müde. »Natürlich, Tyresian. Eigentlich gibt es überhaupt kein Problem.« Das Glas der Stimme stand unberührt auf dem Tisch. Obwohl Solostarans Gesicht abgespannt wirkte, waren seine grünen Augen so klar wie immer.

Tanis schaute sorgenvoll zu. Er stand so nah wie möglich an

der Tür, ohne daß es so aussah, als ob er davonlaufen wollte. Nachdem sich der Aufruhr nach Lauranas Ausbruch gelegt hatte – hauptsächlich durch Xenoths guten Einfall, den aufgeregten Hofstaat aus dem Turm zu schicken –, hatte die Stimme ein privates Treffen im Palast einberaumt. Nur eine Handvoll Leute waren dazu gebeten worden: Tyresian natürlich, da ihn die Sache unmittelbar anging, Miral und Porthios, die jetzt neben der Stimme standen, und Tanis. Solostaran hatte einen Diener losgeschickt, um Laurana zu holen, doch die Tochter der Stimme war anscheinend nirgends zu finden.

Lauranas Handeln hatte Tanis ebenso verwirrt wie alle anderen – vielleicht sogar noch mehr. Er seufzte und versuchte, nicht mit dem Ring zu spielen, der in seiner Tasche steckte. Er fühlte sich glühend an, als wollte er gleich ein Loch in seine Hosentasche brennen und schimmernd auf den Boden fallen, um allen seine Existenz zu verraten.

Tanis wünschte sich verzweifelt, daß Flint hier wäre. Der würde ein paar grantige Worte finden, die alles klarstellen würden, aber der Zwerg war nicht eingeladen.

»Vergeßt nicht, sie ist kaum mehr als ein Kind, Tyresian«, fuhr die Stimme fort.

»Richtig. Aber manchmal sind es kindische Launen, die am stärksten nachwirken, besonders wenn sie versagt werden.« Tyresian warf einen Blick auf Tanis. Der Halbelf erwartete Bosheit in den Augen des Elfenlords, doch der Blick gab nur milde Neugier zum Ausdruck. Das war alles – als fände er es irgendwie erstaunlich und beinahe komisch, daß Tanis in dieser Sache sein Rivale sein sollte, ob freiwillig oder nicht.

»Tyresian«, sagte die Stimme und stand auf. »Vor langer Zeit wurde ein Abkommen zwischen unseren beiden Häusern geschlossen.« Er ging zu den Fenstern und blickte einen Augenblick in die vielfältigen Farben des Sonnenuntergangs, bevor er sich dem Elfenlord wieder zuwandte. Die Stimme schien sich jetzt trotz ihrer Müdigkeit bestens unter Kontrolle zu haben.

»Das Wort meines Hauses gilt mehr als alles andere, denn ohne Ehrlichkeit ist alles nichts. Und ebenso ehrlich muß ich Euch jetzt sagen, daß es mir lieber wäre, wenn meine Tochter nicht in so jungem Alter über ihre Zukunft nachdenken müßte. Es wäre mir lieber, wenn sie das Glück kennenlernen würde, jemanden zu heiraten, der ihr den Hof gemacht und ihr Herz gewonnen hat, als jemanden, der bereits vor ihrer Geburt von zwei alten Männern ausgewählt wurde, als ihr Verlobter selbst kaum mehr als ein Kind war. Nun, ich möchte nicht abwerten, was Euer Vater für mich getan hat – dazu war der Lord des Dritten Hauses ein zu guter Freund –, aber dennoch wünsche ich, daß eines klar ist: Es gibt wenig auf der Welt, was mir mehr bedeutet als meine Tochter. Und wenn ihre Hand auch Euch gehört, ihr Blut wird immer meines bleiben. Vergeßt das nicht. Und behandelt sie dementsprechend.«

Tyresian starrte die Stimme lange an. Etwas von dem übermäßigen Stolz schien von ihm abgefallen zu sein. »Natürlich, Stimme«, sagte er schließlich mit unterwürfiger Stimme. »Ich hätte nicht an Euch zweifeln sollen, aber ich danke Euch dennoch für Eure Versicherungen.« Mit einer knappen, steifen Verbeugung zog sich der Elfenlord zurück, fegte dann an Tanis vorbei und verließ den Raum.

»War das jetzt richtig?« fragte die Stimme, nachdem Tyresian gegangen war. Er schien niemanden Bestimmten anzusprechen, doch Porthios stellte sich neben ihn.

»Natürlich war es das, Vater«, sagte er ernst. »Du hast dein Wort gehalten. Was könnte wichtiger sein als das?«

»Ja«, sagte Solostaran, obwohl offensichtlich war, daß er etwas anderes gemeint hatte.

»Ihr habt Tyresian zugesagt, daß er bekommt, was er will, wenn Ihr das meint«, sagte Miral. In seiner Stimme lag eine Härte, die Tanis noch nie zuvor darin gehört hatte. »Jetzt steht er näher an der Erbfolge.«

Die Stimme fegte diese Bemerkung mit einer Handbewegung beiseite. »Nur durch Heirat. Das zählt nicht viel. Es gibt andere vor ihm.« Er blickte Porthios an.

»Natürlich«, sagte Miral, doch die Worte der Stimme schienen seine Befürchtungen kaum beruhigt zu haben.

»Ich glaube, ich wäre gern eine Zeitlang allein«, meinte die Stimme dann, und Tanis atmete erleichtert auf. Miral nickte. Dann gingen er und Porthios zu Tanis an die Tür und ließen die Stimme aus dem Fenster in die Dämmerung blicken.

»Tanthalas«, sagte da die Stimme leise, woraufhin Tanis wie angewurzelt stehenblieb. »Vor der morgigen Jagd möchte ich noch mit dir reden.« Tanis wartete noch einen Moment lang, doch die Stimme sagte nichts mehr, so daß er Miral und Porthios folgte und die Tür hinter sich zumachte.

Miral verschwand bereits mit schnellen, festen Schritten am Ende des Korridors, aber Porthios wartete vor der Tür auf Tanis.

»Du weißt, daß das alles deine Schuld ist«, sagte Porthios. Seine tiefliegenden Augen waren von Schatten umrandet, und seine Kiefermuskeln waren verspannt.

»Ich habe nichts davon gewußt, Porthios«, brachte Tanis heraus, obwohl sich seine Zunge so steif wie trockenes Leder anfühlte. »Woher sollte ich wissen, was Laurana tun würde?«

Porthios schien ihn kaum gehört zu haben. »Du bist schuld, daß die Stimme leidet, Tanis. Vergiß das nicht. *Ich* vergesse das bestimmt nicht.« Die letzten Worte sagte er mit einer solchen Schärfe, daß sie Tanis' Herz wie Messer durchbohrten. »Ich werde nicht zulassen, daß du ihn durch deine kindischen Spielchen mit Laurana verletzt.« Damit machte er auf dem Absatz kehrt und eilte den Gang hinunter.

Tanis schüttelte den Kopf. Wieso gaben alle ihm die Schuld für etwas, was Laurana getan hatte? Er hatte das genausowenig gewollt wie jeder andere. Seufzend umfaßte er den zarten, glatten Ring in seiner Tasche. Ganz kurz wollte er ihn am liebsten so fest wie möglich auf den Marmorboden schmeißen, doch dann ging der Impuls vorbei, und er schob ihn tiefer in die Tasche, während er einsam den Gang entlanglief und sich fragte, wo Flint wohl war.

Die Arbeit in der Schmiede half an diesem Abend wenig gegen die Gedanken, die an Flint nagten.

Er ließ seine Hände arbeiten, als könnte er durch den Klang des Hammers die unheilvollen Ereignisse des Tages aus seinem Kopf verbannen. Doch das nützte nichts, denn dauernd fragte er sich, wo Tanis war und wie es dem Halbelfen wohl ging.

Ach, die Aufregung wird sich früh genug legen, du alter Angsthase, sagte sich Flint. Die werden Lauranas Ausbruch einfach vergessen, und dann lassen sie auch Tanis in Ruhe. Aber ganz tief unten spürte er, daß diese Worte nicht der Wahrheit entsprachen. In der friedlichen Elfenstadt, in der seit so vielen Jahren alles seinen gewohnten Gang gegangen war, lag eine Veränderung in der Luft. Einen Augenblick fragte er sich, ob die Stimme vielleicht doch einen Fehler gemacht hatte, als sie den Handel mit Ausländern – Flint schloß sich selbst mit ein – zugelassen hatte. Der Zwerg hatte bereits die Elfenschmiede beeinflußt, die einige Techniken übernommen hatten, die Flint noch von seinem Vater hatte. Vielleicht gab es noch andere, wichtigere Veränderungen, die auf seine Anwesenheit zurückzuführen waren.

Er hoffte, daß Tanis vorbeikommen würde.

Von den drei Flügeln des Palasts war der mittlere der größte. Die Flügel umschlossen den hinteren Hof, hinter dem wiederum die Gärten lagen. In der Mitte des Hauptflügels öffnete sich der Korridor zum Audienzsaal des Palasts, und hier wurde die Decke von zahlreichen Bögen getragen. Am Rand des Saals standen glatte Steinsäulen, die kunstvoll behauen waren, so daß sie Baumstämmen ähnelten, und am Ende ihrer Marmorzweige schimmerten silberne und goldene Blätter im Zwielicht. Die Baumsäulen stützten eine Balustrade, die um den ganzen Saal herum führte, wo der Hofadel stand, wenn unten besondere Zeremonien stattfanden: eine Trauerfeier, eine Krönung oder eine Hochzeit.

In der Mitte der Decke befand sich ein großes, farbiges Glasfenster. Solinari mußte gerade aufgehen, erkannte Tanis, als er stehenblieb, um das Fenster eine Weile zu betrachten. Tanis fragte sich, wo Laurana wohl steckte. Das Bild der blonden Elfin trat ihm vor Augen. Tanis schüttelte den Kopf. Er würde lange brauchen, bis er diese ganze Sache begriffen hatte – wenn ihm das überhaupt je gelang. Vielleicht konnte die frische Gartenluft seinen Kopf klären.

Trotz des Frühlings war die Luft so kalt, daß sie Tanis eher an die dunklen Monate des tiefsten Winters erinnerte. Er hüllte sich fest in seinen grauen Mantel ein, als er in den Garten ging.

Der Abendhimmel war klar, doch im Westen glaubte er zu sehen, wie sich eisengraue Wolkenfinger sammelten. Aber wenn sich so weit im Westen, über den zerklüfteten Gipfeln der Kharolisberge, ein Sturm zusammenbraute, dann würde es noch lange dauern, bis er Qualinost erreichte.

Tanis wanderte über die Kieswege durch den weitläufigen Hof, der zwischen den Flügeln des Palasts lag. Krokusse und Narzissen waren bereits verblüht; jetzt kamen die Lilien, deren blasse, zarte Blüten im Wind schwankten und ihm wie Gesichter zuzunicken schienen.

Er ging an dem Tor vorbei, das den Eingang zu einem Irrgarten aus Ziersträuchern bildete, bog um eine Ecke und gelangte in eine kleine Grotte. Plötzlich blieb er stehen.

Er hörte, wie jemand erschreckt Luft holte, und ein blonder Kopf fuhr herum, als seine Mokassins im Kies knirschten. Es war Laurana. Mit einer Lilie in der einen Hand stand sie da. Als er näher kam, konnte er in Solinaris Schein an ihren geschwollenen Wangen sehen, daß sie geweint hatte.

Doch jetzt hatte sie ihre Gefühle unter Kontrolle, und an ihrer Selbstbeherrschung konnte Tanis erkennen, daß Laurana eine wahre Tochter der Stimme der Sonne war. Selbst in Leid und Wut war sie noch anmutig.

»Hallo«, sagte sie mit leiser, belegter Stimme.

Er betrachtete sie schweigend. In der Ferne hörte er das Wasser in den Abgründen tosen, die Qualinost beschützten. Um sie herum raschelte das Laub im Abendwind.

Ihr schönes Elfengesicht war im Zwielicht womöglich noch anziehender als sonst. »Entschuldige wegen vorhin«, sagte Laurana. »Ich habe gesprochen, ohne nachzudenken, und jetzt steckst du in Schwierigkeiten. Aber ich *kann* Lord Tyresian nicht heiraten. Er ist ...« Sie brach ab. »Ich werde das einfach meinem Vater erklären müssen.«

»Schon gut«, sagte Tanis, nur um irgend etwas zu sagen, was sie beruhigen würde. Doch es schien auszureichen, denn jetzt lächelte sie ihn an und nahm seine Hand.

»Laurana, ich ...«, setzte Tanis an, wußte dann aber nicht weiter. Er wollte ihr sagen, daß sie unrecht hatte, daß die Stimme ihr Wort nie zurücknehmen würde, daß es am besten wäre, wenn sie diese dummen Spielchen mit ihm lassen würde. Ihre Heiratsschwüre waren Versprechen von Kindern gewesen, doch sie waren keine Kinder mehr. Und wenn die Stimme der Sonne ihr befahl, Tyresian zu heiraten, um die Ehre ihres Hauses zu wahren, dann *mußte* sie den Elfenlord nehmen, wenn sie ihren Vater nicht politisch vernichten wollte.

Laurana fuhr unbekümmert fort: »Mein Vater *muß* mir zuhören.« Tanis wurde klar, daß sie im Augenblick trotz ihrer äußerlichen Gelassenheit der Panik nahe war.

Ich sollte ihr den Ring zurückgeben, dachte er. Doch er wußte irgendwie, daß ihr das jetzt das Herz brechen würde, darum sagte er bloß: »Bestimmt hast du recht. Die Stimme muß zuhören.«

Die Lüge quälte ihn, aber er konnte nichts anderes sagen. Auf jeden Fall schienen die Worte Lauranas Qualen zu lindern, denn sie begann, von anderen Dingen zu reden, während sie durch den Garten spazierten. Man konnte zwar wenig von den Gärten sehen, doch die beiden atmeten den schweren Duft der Rosen ein.

Als sie am Ende des Weges waren, der am nächsten am Palast lag, zögerte Laurana. »Vielleicht sollten wir getrennt hineingehen«, sagte sie.

Tanis war einverstanden. Es war nicht die rechte Zeit, um dabei erwischt zu werden, wie sie gemeinsam in den Palast schlichen.

»Bis bald, Liebster«, flüsterte sie ihm zu, stellte sich auf die Zehenspitzen und küßte ihn auf die Wange. Dann huschte sie davon und ließ Tanis benommen allein zurück.

»Lange hast du nicht gebraucht, was?« sagte eine scharfe Stimme, und Tanis fuhr herum. Erschrocken holte er Luft. Neben einem Birnbaum stand Porthios, so aufrecht, daß er selbst wie ein Baum aussah. »Sie ist erst ein paar Stunden verlobt, und schon triffst du dich heimlich im Dunkeln mit ihr.«

Der junge Elfenlord sah ihn mißtrauisch an, als Tanis entsetzt die Augen aufriß. Was hatte Porthios gesehen?

»Es ist nicht so, wie du denkst«, fing Tanis hastig an, doch Porthios bedachte ihn nur mit einem finsteren Blick.

»Ist es nie, oder, Tanis?« sagte er. Er setzte sich in Bewegung, als wolle er gehen, blieb dann aber stehen und fixierte den Halbelfen. »Warum machst du das, Tanis? Kannst du nicht wenigstens einmal versuchen, dich wie ein richtiger Elf zu benehmen? Mußt du immer anders sein?«

Als Tanis die Antwort schuldig blieb, schritt Porthios durch die Dämmerung davon.

Miral wußte, daß er von der Aufregung des Tages Alpträume bekommen würde. Er kämpfte gegen die Dämonen seiner Träume. Als er in seinem dämmrigen Zimmer zwischen seinen Zauberutensilien am Tisch saß, zwang er seine schwachen Augen, in eine Kerzenflamme zu starren, bis ihm die Tränen kamen.

Doch am Ende erwiesen sich seine Anstrengungen als nutzlos. Irgendwann mußte er seinen schmerzenden Blick von dem Kerzenlicht abwenden und die Augen zumachen, und in dem Moment, wo er die Lider schloß, übermannte ihn der Schlaf. Sein Kopf fiel nach vorn auf die gekreuzten Arme.

Er war wieder in der Höhle. Wie immer in seinen Träumen war er wieder ein Kind. Licht wie von zehntausend Fackeln drang in seine jungen Augen, und er schrie, bis er heiser war. Das Licht pulsierte, drang in ihn ein, bis er zu zittern begann. Er fürchtete das Licht.

Doch er fürchtete auch die Finsternis. Denn am Rande des Lichts warteten die bösen Wesen aller Kinderträume – Drachen und Oger und Trolle; und alle warteten hungrig und gemein und geduldig darauf, ihn zu kriegen. Das Kind Miral starrte zwischen Licht und Dunkelheit hin und her und versuchte zu wählen, doch es war klein und verängstigt.

Dann umgab ihn Wärme. Er hörte ein einfaches Kinderlied, das auf einer Laute erklang. Das Parfüm seiner Mama – zerdrückte Rosenknospen – stieg ihm in die Nase, und er wußte, daß sie bald da sein würde, um ihm Abendbrot zu geben und ihn mit einer Gute-Nacht-Geschichte ins Bett zu stecken. Dazu waren Mamas schließlich da. Er wartete gespannt.

Doch sie kam nicht, und er wurde ungeduldig. Dann erfüllte ihn die Angst, daß sie womöglich niemals kommen würde.

Er hörte Schritte. Instinktiv wußte er, daß das nicht nur nicht die Schritte seiner Mama waren, sondern die von jemandem, von dem ihn seine Mama fernhalten würde.

Er fing an zu weinen und ballte die winzigen Hände zu Fäustchen.

Auch die Hände des schlafenden Zauberers ballten sich immer wieder zu Fäusten, während seine Angst zunahm.